Couvertures supérieure et inférieure
en couleur

SIMON

ET

SIMONE

PAR

MARTHE BERTIN

TOURS

ALFRED MAME ET FILS

ÉDITEURS

BIBLIOTHÈQUE
DE LA JEUNESSE CHRÉTIENNE

FORMAT PETIT IN-8°

Anselme, par Étienne Gervais.

Aventures d'un florin (les), racontées par lui-même.

Bagdad, la Reine du Désert, par W. Herchenbach, traduit avec l'autorisation de l'auteur, par Mlle A. Simons.

Bonnes lectures (les), Souvenirs et récits authentiques, par F. Cassan.

Bouquet de Roses (le), ou Cela vous portera bonheur; nouvelle, par Mme Édouard de Lelaing.

Causeries de Mlle Mélin (les), récits sur les petits devoirs de société par Marthe Bertin.

Clémentine, ou l'Ange de la réconciliation, par Marie-Ange de T***.

Conseils du père Vincent (les), ou les Bienfaits de l'épargne, par Paul Matrat (Maret).

Corbeille de Fraises (la).

Dessus du Panier (le), par Jean Grange.

Deux Sœurs (les), suivi de Une Aventure en Pologne, imité de l'anglais par Adam de l'Isle.

Directrice de Poste (la).

Dumont d'Urville, par Fr. Joubert.

Éloi, ou le Travail, par Ét. Gervais.

Exilés de la Souabe (les), par Mlle Louise Diard.

Fille du Meunier (la), ou les Suites de l'ambition, par Mlle L. Diard.

Flora Mac-Alpin, épisode de la cour de Jacques VI d'Écosse.

Grand'mère de Gilberte (la), par Mlle des Ages.

Grands agriculteurs modernes (les), par Mme la Ctesse Drohojowska.

Grands inventeurs modernes (les), par Mme la Ctesse Drohojowska.

Henriette, ou Piété filiale et dévouement fraternel, par Stéphanie Ory.

Héroïne de Tahti (l'), par W. Herchenbach; traduit de l'allemand par Mlle A. Simons.

Histoires contemporaines, par Joseph de Margal.

Louise Leclerc, par Marie-Ange de T***.

Marianne, ou le Dévouement.

Marie de Langeville, ou la Résignation chrétienne, par Stéphanie Ory.

Michelle Parvis, ou l'Enfant de la Providence, par E. Y.

Mozart, par Étienne Gervais.

Navigation aérienne (la), par Arthur Mangin.

Par-dessus le buisson, par Jean Grange.

Parmentier, par Fr. Joubert.

Petit Charles (le), ou Comment on peut venir en aide à sa mère, par Mykka.

Proverbes et Nouvelles, par Jean Grange.

Richard-Lenoir, par Fr. Joubert.

Successeurs (les) de sir John Franklin, par Henri Feuilleret.

Simon et Simone, par Marthe Bertin.

Trésor de la maison (le), par Maurice Barr.

Triomphe de la vérité (le), imité de l'anglais, par Adam de l'Isle.

Vanda, Journal d'une Petite-Russienne, par Marie Guerrier de Haupt.

Vauquelin, par Fr. Joubert.

Voyage à la recherche de sir John Franklin, par Henri Feuilleret.

Voyage en Islande, par Émile Chevalet.

SIMON ET SIMONE

1re SÉRIE PETIT IN-8°

« Chut ! fit Simon, elle dort. » (P. 59.)

SIMON

ET

SIMONE

PAR

MARTHE BERTIN

TOURS

ALFRED MAME ET FILS, ÉDITEURS

—

M DCCC XCIV

SIMON ET SIMONE

I

Ce n'était pas fête au village de Larcy, et pourtant la place de l'église était très animée : on y parlait beaucoup. Une bande d'écoliers l'avait envahie; mais, contre l'habitude, aucune partie ne s'était organisée. Ils causaient seulement entre eux, appelant de temps à autre quelque camarade attardé.

« Viens donc voir le baptême!

— Ce n'est pas la peine, répondit un des derniers venus en haussant l'épaule. Un triste baptême! On ne jettera guère de dragées, les Chéreau sont si pauvres!

— Le parrain ne l'est pas, lui. Il avait un gros sac à la main, remarqua un des enfants.

— Et la mère Chéreau m'a dit tout bas :
« Attends-nous au passage! » reprit un autre.

— Ah! s'écria l'incrédule, converti par ces
bonnes nouvelles, alors j'attends aussi! »

Tous se mirent à rire et tournèrent vers la
porte de l'église leurs regards impatients.

« Elle a bien choisi son parrain, la mère Chéreau, dit une vieille femme qui attendait sur la
place avec les enfants. Un fils unique! Et maître
Jaquin est riche.

— Bah! dit une voisine, il est trop jeune, ce
petit; dans dix ans il aura oublié sa filleule.

— Peut-être, répondit une autre, mais les
Jaquin sont de braves gens; la mère Chéreau
n'a pas choisi leur fils, elle n'aurait jamais osé
le demander pour parrain; c'est la maîtresse
Jaquin qui l'a offert par charité, et ils se char-
gent de tout aujourd'hui.

— Ce n'est pas la mère Chéreau qui aurait pu
se mettre en frais! Depuis la maladie et la mort
de son fils... »

Ici la voisine fut interrompue par les cris des
enfants. La cloche sonnait.

Au moment où on parlait ainsi de lui, Simon
Jaquin s'engageait à veiller sur sa filleule, Simone
Chéreau, à remplacer son père, mort avant
qu'elle eût pu le connaître, et sa mère, si elle
venait aussi à lui manquer.

Il savait ses prières et put les dire tout seul;

on l'aida à placer ses réponses où et quand il le fallait, et il remplit son rôle aussi bien qu'un parrain de huit ans pouvait le faire.

Le bébé se tira moins heureusement du sien et pleura tant, que Simon crut devoir faire acte d'autorité.

Il prit la main de sa filleule, et, la serrant délicatement, il murmura à demi-voix :

« Tais-toi, petite Simone, ou ton parrain se fâchera ! »

Simone comprit-elle ?

A tort ou à raison le parrain en fut persuadé, car elle se tut subitement.

La grand'mère Chéreau, qui était la marraine, ayant enveloppé de nouveau le poupon dans son vieux châle, le cortège se mit en marche et reparut à la porte de l'église.

Aussitôt il y eut des exclamations, suivies de grands cris de joie, quand on vit le parrain ouvrir le fameux sac.

Il fit pleuvoir les dragées.

Les enfants se précipitèrent dans la poussière, l'un poussant l'autre. Les plus agiles en eurent beaucoup ; les maladroits en attrapèrent moins.

Il y eut des querelles, suivant l'usage ; on échangea quelques coups de poing, puis la paix se rétablit forcément : le sac était vide, et les enfants se dispersèrent...

Le cortège continua sa route ; Simon marchait fièrement à côté de la marraine. Le trajet était un peu long de l'église à la ferme de la Pilaudière, mais Simon était habitué aux longues courses ; il faisait le chemin deux fois par jour, pour aller à l'école et en revenir, et même il marchait d'un bon pas quand il était en retard.

Ce jour-là particulièrement, il aurait bien voulu courir, car un festin les attendait dans la grande cuisine de la ferme ; mais il fallait régler son pas sur celui de la marraine, et elle marchait justement avec une lenteur pleine de majesté ; le parrain ne pouvait, sans manquer de politesse, quitter sa commère et prendre les devants. On arriva donc en bon ordre à la Pilaudière, où tous les serviteurs, hommes et femmes, étaient réunis.

Maître Jaquin embrassa la filleule de son fils, et la fermière, l'examinant avec attention, prédit que la petite fille serait intelligente et active ; elle voyait cela tout de suite dans les yeux des enfants.

« Le marmot n'est pas gros, dit en riant un des garçons de la ferme, mais c'est bien assez pour un si petit parrain. »

Simon prit mal la plaisanterie ; il devint tout rouge et se redressa fièrement :

« Je ne resterai pas toujours petit, s'écria-t-il

d'un air fâché, et quand je serai grand, je saurai bien tout de même protéger ma filleule. »

Il prononça ce mot « protéger » d'un ton si fier et si convaincu, que les hommes se regardèrent en souriant, et personne ne se risqua plus à rire du petit parrain.

La fermière embrassa son fils. Elle lui avait expliqué de son mieux à quoi il s'engageait pour l'avenir en prenant ce titre de parrain; il prouvait à tous qu'il avait compris ses futurs devoirs, aussi bien que son âge le permettait.

On s'assit autour de la table chargée de galettes, de brioches et de gâteaux de toutes sortes. Simon occupa naturellement la place d'honneur à côté de la marraine, et il se sentit si pénétré de son importance, qu'il lui semblait avoir grandi depuis le matin.

On but à la santé de la petite filleule, et tout se termina par une distribution de dragées.

La fête ne fut pas longue cependant; la marraine était triste et en deuil, il lui tardait de rentrer chez elle et de reporter le bébé à sa mère.

Avant de la quitter, Simon voulut embrasser sa filleule; mais il y apporta mille précautions. Elle lui semblait si petite et si faible, qu'il avait peur de lui faire du mal rien qu'en l'approchant.

La mère Chéreau possédait une maisonnette

d'aspect misérable, composée de deux pièces seulement, et entourée d'un jardin où tout se mourait faute de soins. Devant les fenêtres, quelques choux et deux ou trois rosiers jaunissaient de compagnie; le reste retournait à l'état sauvage; ce n'était plus qu'un fouillis de branches desséchées et de feuilles mortes.

Dans la maison, c'était plus triste encore.

Étendue sur un mauvais matelas, une femme dormait d'un sommeil agité : c'était la mère. Depuis un mois son mari était mort, après une longue maladie; elle l'avait soigné jusqu'au bout, courageusement; mais ensuite, épuisée par la fatigue, le chagrin et les soucis, elle-même était tombée si gravement malade, qu'elle avait dû prendre le lit à son tour.

Aussi la misère était-elle grande dans la petite maison, et sans les secours venus de la Pilaudière, les pauvres femmes auraient manqué de tout.

Le bruit que fit le loquet, soulevé tout à coup, éveilla la malade; elle se souleva avec peine, et, reconnaissant la grand'mère et l'enfant, elle eut un triste sourire.

« Vous voilà! dit-elle d'une voix fatiguée; montrez-moi la petite. »

Elle l'embrassa; puis, se laissant retomber en arrière :

« Pauvre petite Simone, murmura-t-elle faible-

La mère Chéreau possédait une maisonnette.

ment, quand pourrai-je travailler pour toi? »

La pauvre femme ne devait jamais travailler pour son enfant...

Quelques jours après le baptême, Simon jouait dans la cour de la Pilaudière quand la voiture du docteur Bérard passa devant la grande porte.

Apercevant la fermière, il s'arrêta pour l'appeler.

Ce que dit le docteur, Simon ne le comprit pas; il entendit seulement :

« Elle est perdue! »

Il devint tout tremblant, mais n'osa pas s'approcher; le docteur causa un instant encore, et la fermière l'écoutait, hochant la tête tristement.

« J'y vais, docteur, » dit-elle enfin lorsqu'il la quitta.

Dès que sa mère fut seule, Simon se jeta au-devant d'elle; il pleurait.

« Maman, s'écria-t-il, est-ce ma filleule qui est perdue?

— Non, ce n'est pas Simone; mais la pauvre petite n'aura bientôt plus de mère!

— Plus de mère?

— Elle est très malade; laisse-moi, je vais aller la voir. »

Simon, toujours tremblant, rentra dans la maison; sa mère se préparait à sortir. Elle partit, et ne revint pas de la nuit.

Deux jours plus tard, la petite Simone était orpheline.

C'était plus triste que jamais maintenant dans la petite maison, si triste, que Simon n'osait plus s'y montrer. Pourtant cela ne pouvait durer longtemps. Au bout de quelques jours, il vint faire une visite à sa filleule.

La mère Chéreau pleurait en berçant sa petite-fille; elle la soignait de son mieux, mais si tristement, que le pauvre parrain se dit tout désolé :

Ma filleule ne saura jamais ni rire ni parler, si personne ne s'occupe d'elle.

Dès lors il ne se passa pas une journée sans qu'il fît une pointe jusqu'à la petite maison pour y contempler le bébé criant, buvant ou dormant.

Au commencement Simone dormait surtout.

« Quand verrai-je ses yeux? » demandait le parrain impatient.

Si elle pleurait, elle lui causait de grandes émotions; il voyait ses joues devenir violettes, ses petits bras se crisper, et il disait tout tremblant :

« Mère Chéreau, elle va étouffer. »

Un jour, il lui vint un triste doute; d'abord il n'osa rien dire, puis regardant la grand'mère d'un œil timide, il se risqua à demander :

« A-t-elle deux pieds, ma filleule? »

Et il touchait d'un air inquiet le bout du maillot dans lequel la petite fille était roulée.

La mère Chéreau ne put s'empêcher de rire.

« Certes oui, petit nigaud! dit-elle; ils sont cachés; mais sois tranquille, tu les verras bientôt courir.

— Tant mieux! s'écria Simon avec un soupir de soulagement; elle est drôlement habillée tout de même, » dit-il en riant à son tour.

Et après un instant de réflexion, il reprit :

« Quand on verra ses pieds, je lui donnerai des petits souliers bleus; j'ai dix sous, est-ce assez?

— Non, dit la grand'mère en secouant la tête.

— Eh bien, j'en garderai d'autres; j'en aurai beaucoup, et ce sera pour elle. »

L'hiver vint; Simone restait prisonnière dans la petite chambre; mais le parrain, dès qu'il avait un moment, venait amuser sa filleule, « pour lui apprendre à rire et à parler. »

Le jour où il obtint son premier sourire, il était fou de joie; ce fut aussi le premier rayon de gaieté dans la pauvre maison, et la mère Chéreau retrouva quelques-unes de ses chansons d'autrefois pour endormir sa petite-fille.

Dès lors chaque semaine marqua un nouveau progrès; l'enfant devenait très gentille.

Elle apprit bientôt à reconnaître ses amis, et

Simon ne fut jamais plus fier que le jour où, pour la première fois, elle tendit ses bras, voulant aller à lui.

Et quand elle commença à parler, quand elle essaya de dire parrain! Ce fut long; mais quelle émotion et quel triomphe aussi lorsqu'il réussit à lui faire balbutier :

« Pa-ain! »

Elle était alors presque une grande fille; on voyait ses deux pieds; elle essayait même de s'en servir, et Simon ne désespérait pas de voir, quand la belle saison reviendrait, les petits souliers bleus courir dans l'allée bordée de choux et de rosiers.

Le gros coq de la Pilaudière chantait à tue-tête.

(C'est ordinairement lui qui commence, et ceux des fermes voisines lui répondent l'un après l'autre.)

Les poules s'éveillaient toutes ensemble et s'agitaient sur leurs perchoirs, étirant leurs pattes et se becquetant. Mais la toilette de mesdames les poules n'est pas longue à faire; en un instant elles se trouvèrent réunies dans la cour, où chacune gratta et picora de-ci, de-là, en attendant qu'on leur jetât du grain pour le déjeuner.

Le gros chien de garde secouait sa chaîne; dans l'étable, les bêtes commençaient aussi à se remuer. Puis ce fut le tour des gens; les contre-

vents furent ouverts; les hommes et les filles de
ferme se mirent à l'ouvrage, et les travaux in-
terrompus par la nuit reprirent de plus belle.

Cependant Simon dormait encore; le coq
pouvait chanter dès l'aube si bon lui semblait,
cela ne dérangeait guère le petit homme. Il ne
s'éveillait que deux heures plus tard, et, sa
toilette étant plus longue à faire que celle des
poules, maître Simon ne paraissait jamais dans
la cuisine avant sept heures.

On lui servait une grande assiettée de soupe,
et, pendant qu'il la mangeait, sa mère lui
arrangeait un panier de provisions; car il ne
devait rentrer que le soir.

Ce jour-là, Simon paraissait plus pressé que
d'habitude. Il réclama plusieurs fois sa soupe
avant qu'elle fût prête; puis, quand sa mère
souleva le couvercle de son panier pour y placer
les vivres, il regarda curieusement ce qu'elle
lui donnait.

« Du jambon, dit-il, des œufs durs. Oh! des
cerises! Mettez-en beaucoup, maman, s'il vous
plaît, plus qu'hier. »

Sa mère le regarda, étonnée. D'ordinaire il
ne demandait rien, se déclarant toujours satis-
fait de ce qu'il emportait. Il se mit à rire, et,
sans donner d'explications, il s'écria :

« Je vais être en retard! »

Puis il embrassa sa mère et se sauva, empor-

Le gros coq chantait à tue-tête.

tant son panier. Il ne prit cependant pas le chemin de la ville; courant de toutes ses forces, il suivit un petit sentier qui traversait les champs, et vint, tout essoufflé, heurter à la porte de la mère Chéreau.

C'était un grand jour! Pour la première fois la petite Simone allait à l'école.

Elle aurait bientôt cinq ans, il fallait bien s'y décider.

Jusque-là sa grand'mère l'avait gardée près d'elle, l'élevant comme elle pouvait, tricotant des bas et des chaussons pour tous les enfants du pays, tirant parti de tout ce qu'on lui donnait, et dépensant si peu dans sa petite maison, que, jour après jour, le temps avait passé sans trop de misère pendant que Simone grandissait.

Certes, la petite ne connaissait aucun luxe. Elle avait vécu de laitage; c'était la Pilaudière qui le lui fournissait. Elle était couverte de bons manteaux bien chauds pendant l'hiver; sa grand-mère les taillait dans les vieux pardessus trop petits maintenant de son parrain. L'été, on la voyait bien propre dans ses petits tabliers bleus; ils avaient peut-être beaucoup de reprises. Ce n'était pas sa faute; le vrai coupable était le parrain, qui trouait toutes ses blouses.

Enfin, chaque année, la défroque de la saison précédente passait du parrain à la filleule, et, par un miracle d'adresse, les vêtements de ce grand garçon se transformaient en toilettes de petite fille.

Cependant il avait été convenu qu'aux beaux jours la petite Simone irait à l'école. Grande décision et grande discussion!

Le parrain voulait que, pour son début, sa filleule fût convenablement habillée; il garda tant de sous, qu'au moment voulu Simone eut une belle robe de coton « neuve » : c'était la première! et des souliers qui venaient de chez le cordonnier en droite ligne, sans avoir passé d'abord par la l'ilaudière.

La grand'mère avait bien un peu réclamé; on aurait pu garder cette belle toilette pour le dimanche; mais le parrain ne voulant rien entendre, elle tailla la robe (bien longue et bien large, afin qu'elle pût servir longtemps) et la prépara pour le fameux jour de l'entrée de Simone dans le monde des écoliers.

Simon venait donc frapper à la petite porte de la mère Chéreau, et ce fut Simone elle-même qui vint la lui ouvrir.

Mais c'était une nouvelle Simone. Il ne l'avait jamais vue dans une telle gloire!

« Une Simone toute neuve! » s'écria le parrain en riant.

On perdit beaucoup de temps en admiration, si bien qu'il fallut se presser au dernier moment.

Simon se chargeait de conduire sa filleule à l'école tous les matins et de la ramener le soir; mais il ne fallait pas qu'il se mît en retard. La fillette emportait aussi son déjeuner, du pain et du fromage, et Simon remarqua, sans rien dire, que le pain était dur et le morceau de fromage bien petit.

Il prit la main de l'écolière; elle embrassa la mère Chéreau, un peu triste de voir l'enfant la quitter pour la première fois, et les deux amis se mirent gaiement en chemin.

La petite fille babilla à tort et à travers; elle n'avait pas peur de l'école, puisque c'était son parrain qui l'y conduisait et que toutes les petites filles y allaient; seulement elle faisait ses conditions.

Il la conduirait jusqu'à la porte; il entrerait même un peu avec elle, pour qu'elle ne fût pas toute seule au moment de dire bonjour; ensuite il viendrait la chercher de bonne heure. Il lui promit tout cela et la laissa parler sans l'interrompre; puis, lorsqu'ils furent hors de vue de la Pilaudière et de la petite maison, il s'arrêta et dit tout à coup :

« Donne-moi ton panier.

— Oh! je peux le porter, dit-elle naïvement, il n'est pas lourd.

— Je le sais bien, dit-il avec un mouvement de pitié; mais donne-le-moi, je te le rendrai en arrivant. »

Il posa à terre les deux paniers et fit toutes sortes de changements qui étonnèrent bien la petite fille.

Il lui prit son pain dur et son morceau de fromage ; mais en revanche il lui donna une poignée de cerises et autre chose encore qu'elle ne vit pas, car il referma très vite les deux couvercles en disant, pour l'empêcher de faire aucune réflexion :

« Maintenant, en avant, marche! si tu ne veux pas être mise en retenue. »

Devant l'école il lui rendit son panier, bien plus lourd maintenant, et la poussa doucement vers la porte.

Un instant après, il la quittait et courait à toutes jambes, car l'heure sonnait, et tous les autres étaient déjà en classe.

A midi, Simone déjeuna comme elle n'avait jamais déjeuné (excepté les jours de fête quand elle était à la Pilaudière) avec la tranche de jambon et les cerises de son parrain.

Les jours se suivaient, se ressemblant tous. Le matin Simon allait chercher sa filleule, et le soir il la ramenait régulièrement.

La petite fille lui racontait des histoires interminables sur tout ce qui se passait à l'école ; presque toujours elle avait un bon point à lui montrer, et c'était une grande joie, car le parrain prenait un air très sérieux quand il était question de la sagesse et de la lecture, et un air très fâché les jours où le bon point manquait.

Alors il faisait des questions embarrassantes. Qu'avait-elle fait? Elle avait ri sans doute, ou causé pendant la classe?

Et comme il tombait presque toujours juste, il était bien difficile de se défendre. Elle pleurait; mais le parrain n'aimait pas cela non plus.

« Il faut être sévère avec les enfants. »

On disait cela souvent autour de lui (et même à propos de lui). Et il avait bien le droit de la gronder; n'était-il pas pour elle comme un frère aîné, plus qu'un frère même, puisqu'il était son parrain?

Sans doute, mais cette belle sévérité s'en allait quand la petite fille pleurait.

Elle trottait si confiante et si gaie tout à l'heure sous la protection de son parrain! Elle était presque à lui, cette pauvre petite, il ne voulait pas la rendre malheureuse.

Alors il la consolait en lui pardonnant ses petits méfaits; elle promettait d'être sage le lendemain; on s'embrassait au milieu de la route, et il n'était plus question de rien en arrivant à la maison.

Depuis que Simone allait à l'école, la grand'mère, étant plus libre, pouvait travailler davan-

tage ; on l'employait à la ferme ; le plus souvent
elle y était nourrie, et maintenant Simon ne se
privait plus de son déjeuner pour le donner à
sa filleule, le panier étant mieux garni que dans
les premiers temps.

III

Dans toutes les écoles il y a de bons et de mauvais élèves, malheureusement; car il serait bien préférable pour tout le monde qu'il y en eût de bons seulement.

L'école de Larcy n'était pas mieux partagée que les autres sous ce rapport. Elle comptait trois ou quatre mauvaises têtes dont le grand Gervais était le chef, et M. Barbot savait bien à qui s'en prendre quand les choses allaient de travers chez lui.

Simon était parmi les meilleurs sujets; mais, quoiqu'il fût un bon parrain et qu'il portât ce titre avec beaucoup d'autorité, cela ne suffisait pas à le garantir de toute sottise, et Simone, qui ne savait pas tout, était seule à le croire parfait.

Lorsque ses notes étaient moins bonnes que

d'habitude, il recevait en rentrant les mêmes reproches et les mêmes conseils qu'il avait adressés souvent à sa filleule dans des circonstances analogues, et il aurait été bien humilié si la petite fille l'avait surpris dans ce nouveau rôle.

Heureusement pour la dignité du parrain, Simone n'était pas tenue au courant de ses peccadilles; il gardait tout son prestige, et rien n'avait jamais terni l'auréole qu'elle lui accordait de confiance.

Mais quelle gloire est sans tache, et qui n'a eu dans sa vie un de ces moments qu'on voudrait après pouvoir effacer à n'importe quel prix?

Il y a des catastrophes que rien ne fait prévoir et qui arrivent pourtant.

Un jour, on se laisse entraîner, on commet une faute; elle paraît légère au début, puis, par suite d'une foule de circonstances malheureuses, les choses tournent plus mal qu'on ne s'y attendait; la faute s'aggrave malgré soi, et on finit par être beaucoup plus coupable qu'on ne l'aurait cru.

. Voilà pourquoi il est dangereux d'agir en étourdi, sans réfléchir et sans regarder devant soi. Et voilà comment le parrain se jeta dans une sotte aventure qui devait lui causer toutes sortes de tourments et de remords... bien mérités du reste, car il ne tenait qu'à lui de ne pas s'y exposer.

Un jour, il quittait sa filleule à la porte de la classe et elle allait entrer, lorsque après une seconde de réflexion il l'arrêta.

« Surtout ne bouge pas sans moi ce soir, dit-il; c'est la grande foire à Saint-Remy, la route sera encombrée; je viendrai te prendre ici.

— Oui, répondit Simone, qui trouvait bien tout ce qu'il disait et faisait, je t'attendrai. »

A onze heures, ceux des enfants qui habitaient Larcy rentraient chez eux pour déjeuner, tandis que plusieurs élèves demeurant loin comme Simon déjeunaient à l'école; il leur était permis ensuite de jouer sur la place avec les autres, en attendant l'heure de la rentrée.

Ce jour-là, Simon venait de sortir sa toupie à la main, quand il s'entendit appeler à l'autre bout de la place; il y courut et tomba au milieu d'une bande de quatre ou cinq écoliers.

« Viens-tu avec nous? cria l'un d'eux, un garçon à l'air hardi et décidé, le grand Gervais en personne.

— Avec vous? où allez-vous donc?

— A Saint-Remy; il est passé ce matin trois grosses voitures, nous allons voir ce que c'est.

— Et l'école? M. Barbot n'a pas donné congé.

— M. Barbot! S'il veut nous rattraper, il fera bien de courir. »

Toute la bande éclata de rire bruyamment.

« Viens-tu? reprit le grand Gervais.

— Mais... non !... répondit Simon d'un air indécis.

— Tu aimes mieux aller nous dénoncer, n'est-ce pas? dit le grand Gervais d'un ton menaçant; fais cela, et tu t'en souviendras!

— Oh! je n'ai pas peur de toi, tu sais? » riposta Simon.

La chose s'engageait mal, les autres le voyaient bien.

« Voyons, ne vous fâchez pas, cria un camarade, nous perdons du temps. Viens donc avec nous, reprit-il d'une voix insinuante, ce sera une fameuse promenade.

— Sans compter tout ce que nous verrons là-bas, dit Gervais. Allons, viens; pour une fois, M. Barbot ne te mangera pas. »

Le temps était superbe, le ciel très bleu, le soleil brillant... Simon commençait à perdre un peu la tête.

« Pour une fois, répéta-t-il, c'est vrai, il n'y aurait pas grand mal, après tout. »

Il ne manquerait pas tout à fait l'école, d'ailleurs; on marcherait vite, on ne resterait qu'un instant à Saint-Remy.

« Que peut-il y avoir dans ces trois grosses voitures?...

— Il est décidé! cria aussitôt le chef de la bande; emmenons-le! »

Il s'empara d'un bras de Simon, un second

camarade le prit de l'autre côté; il se débattit
à peine, et finalement se laissa entraîner.

Ils s'arrêtèrent un instant devant le charlatan.

« Pour une fois, » il se lançait dans une
équipée dont il se souviendrait longtemps.
« Quel temps! c'est fait exprès pour nous! »
criait effrontément le grand Gervais.

2*

: On marcha vite, on causa beaucoup; Simon n'eut pas le loisir de réfléchir en route.

« As-tu de l'argent? demanda tout à coup Gervais.

— J'ai quinze sous.

— Moi, j'ai cinq sous.

— Moi aussi, dit un autre; nous allons joliment nous amuser. »

Ils approchaient de Saint-Remy et rencontraient beaucoup de monde; il fallait éviter les gens de connaissance, mais ils avaient l'œil au guet, et, à force de détours, ils arrivèrent sans encombre sur le champ de foire.

« Voilà les voitures! s'écria le grand Gervais.

— Ce sont des chevaux de bois!

— Allons-y! »

Ils avaient crié cela tous à la fois; ils s'élancèrent vers les chevaux, chacun choisit le sien, et la machine se mit en mouvement.

Simon, les cheveux au vent, tournait, tournait! Il ne pensait plus, il n'entendait plus que l'orgue de Barbarie qui grinçait en tournant aussi avec lui; il ne voyait que le grand Gervais, qui, à rebours sur son cheval, amusait la foule par cent grimaces et cent folies; il avait le vertige, il tournait..., tournait... M. Barbot n'existait plus : l'école, les leçons, tout était oublié.

Mais le mouvement se ralentit, l'orgue se tut,

les cavaliers mirent pied à terre; alors Simon revint à lui.

« Allons-nous-en, dit-il, tandis que Gervais l'entraînait devant un charlatan.

— Mais non, puisque nous y sommes, restons un peu; nous partirons tout à l'heure. »

Et Simon resta.

Ils s'arrêtèrent un instant, le nez en l'air et la bouche béante, en vrais badauds, devant le charlatan; puis le grand Gervais s'écria tout à coup :

« Allons gagner un lapin. »

Toute la bande le suivit.

Au grand étonnement de chacun, et au milieu de grands éclats de rire, Gervais se retirait, dix minutes après, avec un superbe lapin dans les bras.

« Qu'allons-nous en faire? s'écria-t-il.

— Il faut lui apprendre à jouer du tambour, dit en passant un soldat qui promenait ses loisirs sur le champ de foire.

— Ou t'en faire une casquette, cria un marchand qui les regardait.

— Vends-le, dit un des enfants.

— Non, non, s'écria Gervais, éclatant de rire; nous allons le manger, je vous invite à dîner.

— Mais qui le fera cuire?

— Nous-mêmes. Venez, je connais un bon endroit pour faire la cuisine.

« En route ! »

Et, prenant son lapin par les deux oreilles, il se mit en marche, suivi de toute sa troupe.

A ce moment l'horloge de Saint-Remy sonna trois coups.

Simon s'arrêta brusquement :

« Déjà trois heures ! s'écria-t-il d'un air effaré ; je m'en vais.

— Par exemple ! cria Gervais, je t'invite à dîner, et tu veux partir ! Ce serait trop fort !

— Laisse-moi m'en aller, reprit Simon ; nous serons punis.

— Pour cela tu peux y compter, dit Gervais en ricanant, mais ce n'est pas une heure de plus ou de moins qui changera quelque chose à la punition. Reste donc, la journée sera complète ; regarde comme mon lapin est gras.

— Pourvu que tu sois à la Pilaudière à cinq heures, c'est tout ce qu'il faut, remarqua un des enfants ; personne chez toi ne se doutera de l'aventure.

— Et tu en seras quitte pour une retenue demain, dit un autre ; nous la ferons tous ensemble.

— Mais je dois aller chercher ma filleule.

— Alors dépêche-toi, bobonne, ton bébé va crier. »

Simon rougit et eut un geste significatif.

« Pas de mauvaise plaisanterie ! » cria-t-il avec colère.

L'accord allait être troublé encore une fois, lorsqu'un troisième intervint.

« Là ! fit-il, à bas les mains et ne nous fâchons pas ! Où est-elle ta cuisine, Gervais ? »

Gervais étendit le bras vers un petit bois qui bordait la route un peu plus loin.

« Là-bas, dit-il ; nous allumerons du feu et nous ferons rôtir la bête.

— Eh bien ! c'est l'affaire d'une demi-heure ; courons-y, nous avons tout le temps.

— Et quand tu serais chez toi un peu plus tard que d'habitude !... s'écria un autre tentateur ; cela t'arrive bien quelquefois ; on ne te compte pas les minutes, et ta filleule attendra bien un peu.

— Ce sera très drôle, notre dîner, reprit Gervais. Allons, c'est dit, dépêchons-nous. »

Au commencement ce fut très drôle, en effet ; Gervais, qui n'avait pas l'âme sensible, tua son lapin en un tour de main, et, avec le concours d'un aide-cuisinier, se mit en devoir de le dépouiller. Les autres, pendant cette opération, rassemblèrent des menues branches pour allumer le feu, et en un instant une belle flamme s'éleva au milieu du bois.

Alors tous vinrent assister à la dernière toilette du lapin. Quand il fut dépouillé, il n'en resta pas grand'chose, du reste, et ce fut à qui rirait de la triste mine de leur rôti.

« Dis donc, il a bien maigri, ton lapin, depuis que tu l'as gagné.

— Pauvre bête ! il n'avait que du poil et des os ; maintenant il n'a plus que les os. »

Gervais riait.

« Il se vengera sur vous, dit-il, en vous nourrissant aussi mal qu'il l'était lui-même.

— N'importe, dit l'aide de cuisine, qui s'intéressait beaucoup à son œuvre ; bien embroché, il sera très bon.

— Et puis nous n'avons pas le droit d'être difficiles. A la guerre comme à la guerre !

— Surveillez donc votre feu, s'écria tout à coup le rôtisseur, il va s'éteindre. »

On se précipita de tous les côtés pour ramasser des branches mortes.

« Il faut une jolie baguette, dit Gervais, pour nous faire une broche.

— C'est bien facile. »

Et avec son couteau un camarade coupa une branche à l'arbuste le plus voisin.

Ce fut juste l'affaire, et on embrocha le squelette du lapin.

Gervais et son aide, prenant de chaque côté l'extrémité de la baguette, remplirent consciencieusement l'office d'un tournebroche.

Cela marchait à souhait ; mais ces brindilles de bois sec brûlaient trop vite, il fallait les renouveler à chaque instant.

« Si nous avions une bûche! dit Gervais.

— C'est bien facile. »

Tout était bien facile.

En effet, ceux des compagnons qui s'étaient chargés d'alimenter le feu ne demandaient pas mieux que de faire du zèle et de la grosse besogne. Avisant une branche dont l'apparence leur convenait, ils réunirent leurs efforts, et tirant, coupant, secouant, ils parvinrent à la casser.

Il ne restait qu'à la traîner jusque sous le rôti; tout allait de mieux en mieux...

Mais voilà qu'à l'instant même où ils saisissaient la branche, une voix terrible retentit tout à coup :

« Au nom de la loi, je vous arrête! »

Et, devant les coupables pétrifiés, un homme surgit tout à coup.

Après le premier moment de stupeur, ils eurent tous la même pensée : s'enfuir, et ce ne fut pas long de la mettre à exécution.

Mais l'homme ne plaisantait pas; il avait un fusil à la main, il épaula.

« Je tire sur le premier qui bouge, » cria la terrible voix.

Tous s'arrêtèrent comme par enchantement.

« Approchez! » cria l'homme.

Ils obéirent, tremblants et l'oreille basse.

« Savez-vous où vous êtes ici? »

Personne ne répondit.

« Faites-moi le plaisir de me répondre, galopins! Savez-vous à qui sont ces bois?

— Oui, dit Gervais, qui, le voyant mettre son fusil en bandoulière, reprenait peu à peu ses esprits; ils sont à M. Vergès.

— Et savez-vous qui je suis? demanda encore l'homme fièrement.

— Vous êtes son garde-chasse. »

Il n'y avait pas à en douter : l'homme avait une tunique de drap vert, et sur la manche de cette tunique une plaque de cuivre qui brillait comme un soleil.

« Comme vous le dites, jeune homme, son garde-chasse. Et je suis ici pour empêcher les maraudeurs de voler du bois. »

Et d'un geste il montra la branche cassée.

Le rôti gisait, abandonné, devant le feu.

« Tiens, tiens, reprit le garde, avançant d'un pas vivement, mes maraudeurs seraient-ils aussi des braconniers, par hasard? »

Cette dernière accusation les rendit muets d'horreur; personne n'osa protester.

Le garde souleva du pied le lapin à moitié carbonisé et demanda, l'œil fulgurant et la voix brève :

« Où avez-vous pris ce gibier?

— A la foire, Monsieur. »

C'était Simon qui avait répondu; fort de son

innocence, il parlait d'un ton doux, mais ferme, en levant un regard candide sur l'accusateur.

« A la foire!... Ah! mauvais sujet, tu crois qu'on peut se moquer de moi à ma barbe!... Ce vilain drôle!... à la foire. »

Et, l'ayant saisi au collet, le garde, furieux, secoua le pauvre garçon comme s'il voulait détacher chaque cheveu de sa tête.

« Est-il brutal! » cria le grand Gervais; et, venant se placer près de Simon :

« Laissez-le, dit-il, nous ne sommes pas des braconniers.

— Tu veux faire l'insolent aussi? Attendez, mes gaillards, vous n'y gagnerez rien. En avant, arrrrche! »

Le garde tenait toujours Simon au collet; il saisit le bras de Gervais, et, sans rien écouter, il s'enfonça dans le bois à grandes enjambées, en traînant ses deux victimes, pendant que les autres s'enfuyaient au plus vite.

On marcha ainsi près d'un quart d'heure, puis on arriva à un pavillon de chasse habité par le garde.

Il conduisit ses deux prisonniers dans une petite pièce situéé près de la cuisine.

« M. Vergès est en chasse, dit-il, il va rentrer à la nuit; nous lui demanderons ce qu'il veut faire de ces jeunes messieurs, qui massacrent ses arbres et mangent ses lièvres. » Et il sortit, enfermant les jeunes messieurs à double tour.

IV

« Ma petite Simone, il est plus de cinq heures,
tu ne peux attendre indéfiniment, dit sœur
Marie-Thérèse, qui rangeait la classe .après le
départ de ses élèves.

— Mon parrain va venir, ma sœur; il ne veut
pas que je parte sans lui.

— Mais je crois qu'il t'a oubliée.

— Oh! ma sœur, je suis sûre que non. »
Pourtant le parrain n'arrivait pas.

« Il faut t'en aller, ma petite, reprit la sœur
au bout de quelques instants; Anne Baudry va
de ton côté, vous ferez une partie de la route
ensemble, et sans doute ton parrain vous re-
joindra. »

Anne Baudry, qui avait été mise en retenue,
ne se fit pas prier pour fermer son livre et eut
bientôt achevé ses préparatifs de départ.

Que faire? Simone était bien embarrassée; on était au commencement de l'automne, les jours devenaient moins longs déjà; si elle tardait trop, la nuit pouvait la prendre en route; il fallait suivre le conseil de la sœur et partir avec Anne Baudry, qui était une grande fille de douze ans.

Elles se mirent en route, mais Anne ne demeurait pas loin de Larcy; au bout de quelques minutes elles se séparèrent, et, le parrain ne se montrant pas (il avait pour cela de bonnes raisons), Simone se trouva, pour la première fois, toute seule sur le grand chemin.

C'est bien triste de marcher sans rien dire, sans donner la main à son parrain. Qu'est-il arrivé? Pourquoi n'est-il pas venu? L'a-t-il oubliée, en effet?

Son cœur bat très fort; mais pourquoi a-t-elle peur?

Ses petites amies n'ont pas de parrain pour les escorter, et elles savent bien s'en passer. Seulement elles partent toutes ensemble, et d'ailleurs elles sont plus grandes que Simone.

Et puis c'est jour de foire; si elle allait rencontrer des gens ivres, ou des chevaux..., ou un troupeau de bœufs, ou un gros chien?

Et plus elle avance dans cette énumération de dangers probables, plus son cœur se gonfle, plus son pas devient hésitant.

Et puis... si la nuit la prenait sur la route,

loin de l'école, loin de la Pilaudière, loin de tout?

Elle devient toute tremblante, elle a peur, si peur, la pauvre petite abandonnée, qu'elle éclate en sanglots au milieu du grand chemin.

Qu'il est long, ce chemin! Est-ce bien le même qu'elle fait chaque jour si gaiement, qu'elle ne s'aperçoit jamais de la fatigue?

Ce soir elle est déjà fatiguée; pourtant elle n'ose s'arrêter. Il lui semble qu'il y a bien longtemps déjà qu'elle a quitté l'école; il doit être tard, la nuit va venir peut-être.

Avec un frisson elle regarde tout autour d'elle et se met à courir... Elle arrive au détour de la route.

« Gare! » crie tout à coup une grosse voix.

Une voiture arrivait au grand trot, une seconde de plus la roue atteignait Simone; elle se jette de côté, son pied heurte un caillou, elle tombe et roule dans le fossé. La voiture s'est arrêtée; une femme en descend, court à la petite fille et l'aide à se relever.

« A-t-elle du mal? crie la grosse voix du haut de la voiture.

— Non, elle a eu peur seulement, répond la femme, qui essaye de rassurer l'enfant.

— Ces marmots ne cherchent qu'à se faire écraser, reprend l'homme d'un ton bourru. Allons, petite, sauve-toi, ce n'est rien. »

Cependant la femme essuyait les larmes de

Simone; la pauvre petite lui faisait pitié : elle semblait si effrayée, si faible !

« Ne pleure plus, dit-elle, tu n'as pas de mal; mais prends le bord du chemin maintenant, et ne cours pas sans regarder devant toi. »

Et tout en remontant en voiture, elle grommelait :

« Peut-on laisser un bambin de cet âge seul sur la route, et un jour de foire, quand on entend parler si souvent d'enfants volés par des saltimbanques ! »

Puis la voiture partit; l'homme semblait pressé. Simone se retrouva seule encore une fois, et elle avait entendu ce que disait la femme.

Ses larmes redoublèrent; oubliant sa fatigue, elle se remit à courir.

N'arriverait-elle donc jamais !

Pour rien au monde elle ne se fût arrêtée, quoique son cœur battît à l'étouffer. Et comme elle regardait devant elle !

Mais que se passe-t-il là-bas ?

Un gros nuage de poussière s'élève dans le lointain... Des saltimbanques peut-être...

Folle de terreur, Simone entre dans un champ; elle ne peut plus rester sur la route; le nuage se rapproche. Au bout du champ il y a une haie, la petite fille s'y blottit tête baissée et n'ose plus remuer.

Les saltimbanques ne viendront pas jusque-là; ils ne savent pas qu'elle est cachée dans ce coin, ils ne pourront l'emmener.

Peu à peu elle se rassure.

Elle a tant pleuré, que ses larmes ne peuvent plus couler; seulement elle est encore ébranlée par de gros sanglots qui lui montent à la gorge malgré elle.

Le temps passe, mais elle est si fatiguée! Elle ne peut pas faire un mouvement; elle n'a plus même la force d'avoir peur. Elle ne pense plus, elle appuie sa tête sur son bras :

« J'ai sommeil, » dit-elle.

Ses yeux brûlants se ferment; tout est si calme autour d'elle !

Simone ne sait plus où elle est; tout bas elle murmure :

« Grand'mère, j'ai sommeil, » comme elle le dit le soir quand il est l'heure de dormir.

La petite voix s'entend à peine; puis bientôt le silence est complet dans le champ.

V

« A la nuit, » avait dit le garde-chasse; allait-il
donc les laisser enfermés jusque-là?

Alors que ferait Simone?

L'attendrait-elle?

Si elle part seule, elle aura peur, se dit Simon,
qui la connaissait bien.

Et le parrain, très tourmenté, allait et venait
dans sa petite prison, en maugréant tout haut
contre le garde, contre Gervais, contre lui-
même.

« Une bonne correction m'attend, répétait-il,
mais ce n'est pas cela qui me préoccupe; je me bat-
trais bien moi-même de t'avoir écouté et d'avoir
manqué l'école. Nous voilà bien! On nous en-
ferme, on nous traite comme des voleurs! »

Gervais ne soufflait mot; il paraissait assez

abattu, trouvant avec raison que la fête finis-
sait mal.

« Mon père sera content quand il apprendra
tout cela, reprit Simon d'un ton amer, quand on
lui dira que je suis un braconnier.

— Tais-toi donc, s'écria Gervais avec impatience, cela n'avance à rien de grogner ; nous
arriverons bien à prouver que ce n'est pas vrai.

— Comment ? » demanda Simon les bras
croisés.

L'autre ne répondit pas tout de suite, il cher-
chait...

« Sommes-nous assez bêtes ! » s'écria-t-il tout
à coup.

Simon le regarda sans le démentir.

« Nous n'avions qu'à lui montrer la peau de
notre lapin, à ce garde. C'était une preuve, et
une fameuse ! Voilà ce que c'est que d'avoir
peur, reprit-il avec mépris, nous avons perdu
la tête.

— Il y avait de quoi, riposta Simon, et tu ne
faisais pas meilleure figure que les autres.

— N'importe, nous pouvons la montrer à
M. Vergès ; cela suffira pour qu'il nous remette
en liberté.

— Mais nous avons cassé une branche.

— Bah ! c'est moins grave ; il nous grondera,
et tout sera dit. »

Et sur cette heureuse combinaison, le grand

Gervais reprit sa bonne humeur. Mais Simon restait triste; il n'osait pas le dire, mais il était très inquiet de sa filleule; elle n'avait pas l'habitude de faire la route toute seule.

S'il lui arrive un accident, ce sera ma faute, pensait-il.

Comme tout va mal décidément quand on se met hors du bon chemin, serait-ce « pour une fois » seulement!

Il faisait là-dessus des réflexions peu agréables et prenait de grandes résolutions « pour une autre fois », quand la porte s'ouvrit.

M. Vergès entra, suivi de son garde.

« Les voilà! » disait ce dernier.

Ces mots étaient évidemment la conclusion d'un discours où les deux coupables n'avaient pas été ménagés; M. Vergès fronçait le sourcil, et le garde avait dans la voix une recrudescence de sévérité.

« Eh bien! jeunes gens, vous voilà pincés, dit M. Vergès; une autre fois vous laisserez mes lièvres tranquilles. »

Cette fois, Simon jugea plus prudent de se taire; ses premières protestations lui avaient trop mal réussi pour qu'il fût tenté de recommencer. Il laissa la parole à Gervais, qui la prit et s'en servit du reste assez bien.

« Monsieur, dit-il en ôtant poliment sa casquette, votre garde s'est trompé; il n'a rien voulu

entendre, mais nous pouvons vous prouver que
ce n'était pas un lièvre qui... »

Le garde l'interrompit, furieux :

« Vas-tu recommencer ton histoire, effronté?

— Laissez-le parler, dit M. Vergès, nous verrons après.

— C'était un lapin, Monsieur, je vous le jure,
reprit Gervais d'une voix pathétique, un lapin
que j'ai gagné à la foire de Saint-Remy : l'idée
nous est venue de le faire cuire et de le manger.
On a eu tort de casser une branche, Monsieur;
mais ce n'est pas moi, ni lui, et il se tourna vers
Simon; moi je tenais le rôti, Monsieur, avec un
autre. Voilà la vérité; et si vous voulez une
preuve, Monsieur, la peau du lapin est restée
dans le bois. »

Gervais avait employé les heures de sa capti-
vité à la préparation de ce plaidoyer; il produisit
un certain effet.

Les sourcils de M. Vergès n'étaient plus si
terribles; à la fin même il paraissait disposé à
sourire, tandis que le garde lançait à l'orateur
des regards furibonds.

« C'est bien, dit enfin M. Vergès, qui avait
examiné les enfants avec attention; je rentre
chez moi par ce côté-là, venez, et tant mieux
pour vous si vous retrouvez votre preuve, »
ajouta-t-il en riant.

On se mit en route, et, tout en marchant;

M. Vergès interrogea les délinquants ; longtemps avant d'arriver au but de l'expédition, il était persuadé de leur innocence. Cependant il voulait les obliger à lui montrer « leur preuve ».

Le jour avait baissé, ce qui rendait les recherches difficiles.

Cependant, arrivé devant le foyer éteint, Gervais put s'orienter et mit enfin la main sur la précieuse dépouille.

Il courut au-devant de M. Vergès, et, enhardi par l'indulgence qu'il leur avait témoignée, il cria gaiement :

« Voyez, Monsieur, les lièvres de chez vous ressemblent-ils à cela? »

Il faisait assez clair encore pour qu'on pût distinguer la blancheur immaculée de la fourrure, et M. Vergès ne put réprimer son envie de rire.

Les enfants en conclurent qu'ils en seraient quittes pour la peur ; cependant la branche cassée était là, et cette fois il n'y avait pas à s'en défendre, le délit avait été commis.

Gervais, pressentant des reproches, se hâta de les détourner :

« Nous ne recommencerons jamais, Monsieur, bien vrai.

— Allez, dit le propriétaire en s'engageant dans une allée de traverse ; mais qu'on ne vous reprenne plus, en effet, à faire la cuisine dans mon bois. Vous vous en tireriez à moins bon compte une autre fois.

— Merci, Monsieur.

— Bonsoir.

— Maintenant, dit Gervais d'un ton dégagé quand les deux camarades se retrouvèrent seuls, il nous reste à recevoir une belle correction et à nous coucher sans souper, plus une retenue demain pour avoir manqué l'école.

— Une bonne journée! dit Simon avec amertume; tu peux te dispenser de m'inviter, si tu as jamais l'intention de la recommencer.

— Et dire que nous n'avons pas même eu la consolation de manger notre rôti! Tout a mal tourné.

— C'est bien fait, » grommela Simon.

Gervais pérorait ainsi par bravade, mais au fond il se sentait très mal à l'aise; ses plaisanteries ne trouvant pas d'écho, il se tut, et les deux compagnons marchèrent longtemps tête baissée et plongés dans les réflexions les plus pénibles.

Bientôt ils se séparèrent; Gervais prenait la grande route pour retourner à Larcy, et Simon remontait du côté opposé.

Il était bien temps de rentrer. De loin il voyait la lumière aux fenêtres de la Pilaudière; pourtant, après un moment d'hésitation, il lui tourna le dos, et, prenant le sentier, il courut vers la petite maison.

« Tant pis!... murmura-t-il, je veux savoir ce qu'est devenue Simone tout ce temps-là... »

A la petite maison il n'y avait pas de lumière; Simon frappa, personne ne répondit.

Elles sont à la Pilaudière, se dit-il; et il repartit en courant de plus belle.

VI

La première personne que rencontra Simon
en entrant à la Pilaudière, ce fut la mère Chéreau.

Elle se jeta au-devant de lui :

« As-tu vu Simone? » cria-t-elle.

Mais, le voyant seul, elle eut un geste de
désespoir :

« Mon Dieu! où est-elle? »

Simon entra comme un fou dans la cuisine.
Personne.

Où était sa mère? où étaient-ils tous?

« Maman, venez! cria-t-il; où est Simone? ».

La fermière parut, toute pâle et tremblante.

« Enfin te voilà, s'écria-t-elle; c'est heureux!
Si ton père savait cela, il serait content. Malheureux enfant, je te croyais en prison!... »

Et la fermière se laissa tomber sur une chaise.

Il comprit, sans se demander comment, que sa mère savait tout.

« Où est Simone? » répéta-t-il.

La fermière se leva avec agitation.

« On la cherche, dit-elle; elle a disparu, personne ne peut la trouver. »

Ses oreilles bourdonnèrent si fort, qu'il se sentit tout étourdi :

« Depuis quand?

— Elle a quitté l'école avec Anne Baudry; mais devant la Bouillerie Anne l'a laissée, et depuis personne ne l'a revue. »

Simon cacha sa tête derrière son bras et éclata en sanglots si violents, que sa mère en fut effrayée.

« On la retrouvera, reprit-elle; les gens de la ferme courent partout, chez les voisins; quelqu'un la ramènera, bien sûr. Elle est sans doute avec une de ses amies de l'école. »

Il secoua la tête, et abaissant son bras :

« Non, non, dit-il, elle est trop timide pour cela; elle s'est perdue, ou bien... »

Il n'osa pas dire ce qu'il redoutait.

« Ou bien on l'a volée, » murmura une voix brisée.

La mère Chéreau allait et venait partout, la tête perdue.

« Je vous dis qu'on l'a volée, répéta-t-elle en

gémissant, et emmenée dans une voiture de la foire.

— Ce n'est pas possible, ce serait trop affreux.

— Je vais la chercher, je veux la retrouver, » s'écria Simon, qui passa brusquement sa manche sur ses yeux.

Et il se précipita dehors.

A la porte, il se heurta contre un des hommes de la ferme.

« Je viens de Larcy, dit-il; à l'auberge un homme a raconté qu'il avait failli écraser une petite fille sous sa voiture. Il n'a pas fait attention à elle, mais sa femme l'a vue; d'après ce qu'elle m'a dit, ce doit être la petite; et même, ajouta le brave garçon en baissant la voix, ils ont remarqué que c'était imprudent de laisser courir un mioche comme ça tout seul, à cause des voleurs d'enfants... dans les baraques. »

Le pauvre Simon reçut en plein cœur ce nouveau coup.

Ainsi tous avaient la même pensée.

« Où était-elle quand ils l'ont rencontrée? » Il tremblait si fort, qu'il pouvait à peine parler.

« Au tournant de la route, à un kilomètre à peu près de la Bouillerie; si la petite n'était pas tombée dans le fossé, la roue lui passait sur le corps! »

Simon ne fit aucune réflexion; mais, d'un geste

nerveux poussant l'homme de côté, il s'élança sur la route sans en demander plus.

« C'est inutile, criait derrière lui le garçon de ferme ; j'ai cherché partout de ce côté-là, elle n'y est plus. »

Simon ne l'entendit même pas ; il courait à perdre haleine, ne sentant plus sa fatigue, oubliant ses premières émotions.

Qu'importait tout ce qu'il avait eu à redouter d'abord pour lui-même auprès de ce qu'il craignait maintenant !

Qu'était-ce en comparaison de ce qu'il endurait depuis un instant ?

Ainsi la pauvre petite avait eu peur, puisqu'elle courait en pleurant.

Et l'accident, sa chute... Il voyait tout comme s'il avait été là.

Mais après, que s'était-il passé ?

Arrivé au coude formé par la route, il s'arrêta, essayant de remettre un peu d'ordre dans ses idées.

« Qui sait ? murmura-t-il, peut-être a-t-elle quitté la route. »

Il descendit dans le fossé et examina soigneusement tout autour de lui.

Mais la terre était sèche, et un poids aussi léger que celui de Simone ne pouvait laisser des traces bien visibles ; et puis il faisait nuit.

Il franchit le talus et se trouva de l'autre côté du fossé.

A tout hasard, il traversa lentement le champ qui s'étendait devant lui; au bout du champ il fallut s'arrêter : une haie fermait le passage.

Machinalement il écouta dans la nuit, et, longeant la haie, il fit quelques pas, indécis, la tête penchée... Puis tout à coup, étouffant un cri, il s'arrêta et tomba à genoux sur la terre...

Au pied de la haie, la tête appuyée sur sa main, Simone dormait encore.

Depuis quand était-elle là?

Moins que personne la petite eût pu le dire.

Elle dormait d'un sommeil si profond, que rien ne l'éveilla : ni les mots entrecoupés que Simon, fou de joie après tant d'alarmes, prononçait en la contemplant comme si elle eût pu l'entendre, ni les larmes et les baisers dont il la couvrit.

Il la souleva dans ses bras, elle ne fit pas un mouvement; il appuya sa petite tête sur son épaule, elle y resta confiante. Et il l'emporta ainsi, triomphant, si heureux, qu'il l'eût gardée là toute la nuit encore, malgré la rude journée qu'il avait passée.

On était plus tourmenté que jamais à la Pilaudière; les messagers revenaient de partout à la fois... sans nouvelles.

La fermière attendait, inquiète, Simon qui ne rentrait pas.

Maître Jaquin, lui, était rentré, et il avait fallu le mettre au courant de tout. Aussi, partagé entre la colère et l'inquiétude, tantôt il jurait « d'administrer au mauvais sujet une correction dont il se souviendrait », tantôt il se préoccupait de cette absence prolongée.

« Il sera mort de fatigue et de faim, disait-il ; préparez-lui à souper ; il ne va pas rester dehors toute la nuit, je suppose. »

La mère Chéreau répétait sans cesse de sa voix cassée :

« On me l'a volée ! Ils l'ont emmenée ! »

Elle avait fait dix fois le chemin de la Pilaudière à la petite maison, espérant que l'enfant y était revenue ; et maintenant que ses pauvres vieilles jambes lui refusaient tout service, elle s'était assise devant la grande porte pour guetter le retour de Simon, son dernier espoir.

Un bruit de pas sur la route.

Quelqu'un approche : c'est Simon !

« Seul ? demande la grand'mère, qui s'est levée toute tremblante.

— Chut ! fait Simon, elle dort. »

Mais la grand'mère se précipite vers l'enfant ; au cri qu'elle a poussé, tout le monde est accouru. Il y a tant de bruit, d'exclamations, de lumières, que Simone s'éveille enfin.

La grand'mère l'embrasse follement, et la petite, effarée, s'attache à Simon et ne veut pas le quitter.

« N'aie pas peur, Simone, dit-il doucement, c'est ta grand'mère, et tu es chez nous. »

Alors elle s'éveille tout à fait, reconnaît les siens et sourit.

Mais que se passe-t-il donc? Comment est-elle là, et pourquoi tant de monde autour d'elle?

« Donne-la-moi, dit la grand'mère avec impatience; sa robe est humide, elle doit avoir froid. »

Et la grand'mère l'emporte près du feu, sous la grande cheminée de la cuisine.

Là tout s'explique; Simon raconte son expédition, et Simone, qui s'est remise, retrouve toutes ses idées.

Elle dit combien elle a eu peur, comment elle est tombée, sa terreur des saltimbanques, et pourquoi elle s'est cachée sous la haie.

Elle est toute pâle, et tremble encore au souvenir de ce qu'elle a enduré.

Simon l'écoute, la gorge serrée, et ose à peine la regarder, tant il a honte devant elle.

« Pauvre petite Simone! murmure-t-il quand elle se tait, et il détourne la tête.

— Pourquoi n'es-tu pas venu? » demande l'enfant innocemment.

Il s'attendait à cette question. Ne l'avait-elle pas poursuivi toute la journée? Au milieu des plus terribles émotions amenées par son escapade, il avait cru entendre cette petite voix lui faire cette question si simple :

« Pourquoi n'es-tu pas venu? »

Que répondre maintenant? Et comment cacher son embarras?

La mère Chéreau eut la charité de venir à son secours.

« Assez causé, dit-elle brusquement, nous t'expliquerons cela demain; tu as besoin de dormir.

— Mais j'ai faim aussi! s'écria Simone.

— Pauvre agneau! c'est vrai, dit la fermière; ils n'ont pas dîné, ces enfants, et nous les laissons mourir de faim! »

Il était si tard, que la fermière offrit ensuite à la mère Chéreau de coucher à la Pilaudière; on prépara un grand lit pour elle et l'enfant, puis chacun souhaita une bonne nuit à la petite brebis retrouvée.

Comme elle les embrassait tous à la ronde, elle vit maître Jaquin s'avancer vers Simon et l'entendit parler d'une voix sévère.

« Je n'ai rien dit ce soir, disait-il; mais, tu sais? nous avons un compte à régler ensemble. »

Bien sûr il y avait quelque chose, et ce n'était rien de bon.

Quand Simone fut seule avec sa grand'mère, elle lui fit tant de questions, que celle-ci lui dit toute la vérité. Elle pensait, avec raison, que la petite fille l'apprendrait inévitablement, et elle jugea préférable de lui raconter tout ce qui s'était passé, en atténuant autant que possible les torts de son parrain.

Un des camarades échappés au terrible garde avait cru devoir prévenir la fermière de l'accusation qui pesait sur son fils, et c'est ainsi que tout s'était dévoilé.

La petite Simone écoutait attentivement sa grand'mère; elle comprenait dès lors pourquoi maître Jaquin parlait d'un « compte à régler ».

« Pauvre parrain! » murmura-t-elle. Non seulement elle oubliait tout ce qu'elle avait souffert par la faute du coupable, mais encore sa petite tête travaillait, cherchant un moyen de lui épargner la punition que son père lui réservait. Comment lui obtenir son pardon? Oserait-elle aborder maître Jaquin?

Le cas était si épineux, qu'elle s'endormit avant d'avoir pu le résoudre.

VII

Selon sa coutume, le coq de la Pilaudière, levé le premier, s'égosillait pour éveiller bêtes et gens.

Il eut plein succès auprès de Simone, qui n'était pas habituée à un pareil vacarme; au troisième kokoriko, le plus sonore et le plus énergique, elle tressaillit et ouvrit les yeux.

La mère Chéreau ne dormait plus depuis long-temps; à son âge, le chant du coq est un réveille-matin bien inutile. Elle voyait poindre le jour tout l'été.

« Grand'mère! avait crié Simone d'une voix effarée, en s'éveillant dans le grand lit.

— Je suis là, dit celle-ci, qui riait.

— C'est vrai! nous sommes à la Pilaudière! »

Puis, dans un bâillement :

« J'ai encore sommeil, » murmura-t-elle.

« Kokoriko !... » fit le coq.

Et, par le fait, il lui rendait service en la tenant éveillée.

Qu'il eût été fier, s'il s'était douté de l'importance qu'avait ce kokoriko lancé à propos !

Au lieu de se rendormir, Simone écouta le coq.

Ils se lèvent de bonne heure ici, pensait-elle ; on remue déjà dans l'étable, et maître Jaquin...

Là-dessus elle se leva brusquement.

« Grand'mère, je voudrais m'habiller.

— Pourquoi faire ? Ce n'est pas encore l'heure.

— Grand'mère, laisse-moi me lever tout de suite, je voudrais... » Elle hésita un instant : « Je voudrais dire bonjour à maître Jaquin, » reprit-elle, toute rouge à la seule pensée de ce qu'elle voulait tenter.

La grand'mère céda, l'aida à s'habiller, et dix minutes après Simone se glissait dans l'escalier sur la pointe du pied.

En bas, elle rencontra une des vachères.

« Eh ! tu es bien matinale, dit celle-ci ; te voilà déjà ?

— Où est maître Jaquin ? demanda la petite fille.

— Il est dans son bureau ; je crois qu'il fait ses écritures avant de partir. »

Elle rentra, et, son cœur battant, ouvrit tout doucement la porte du bureau.

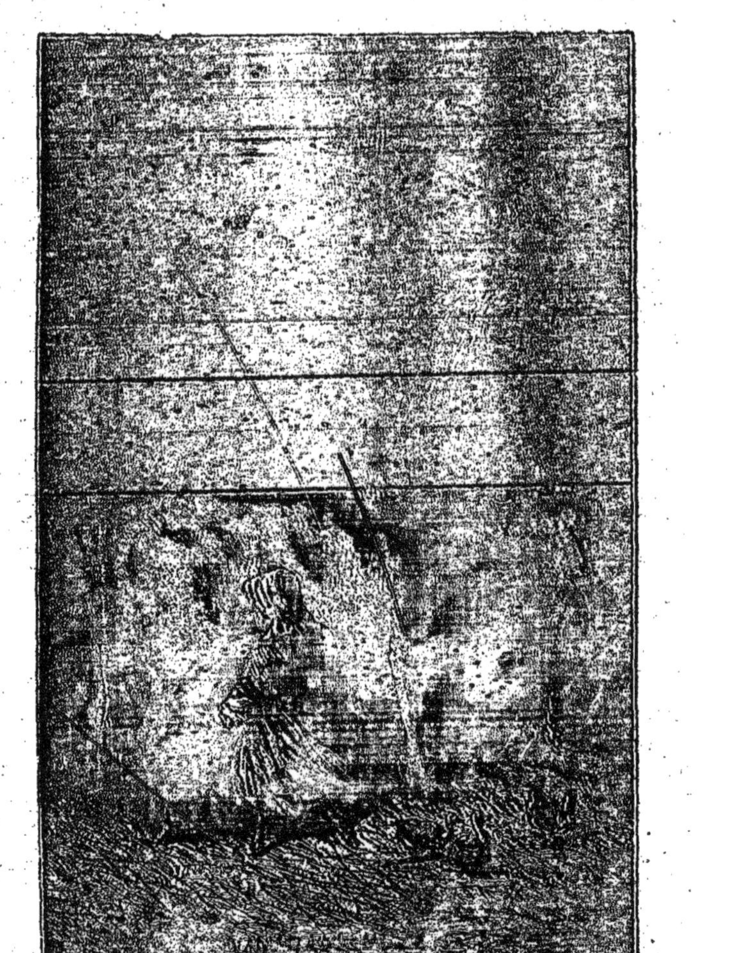

En bas elle rencontra une des vachères.

Comme l'avait supposé la brave fille, maître Jaquin « faisait ses écritures ».

Il était assis devant une table chargée de papiers, et, penché sur un gros livre, il vérifiait des comptes.

Elle ne faisait pas plus de bruit qu'une petite souris; il ne l'entendit pas et continua son travail.

Elle attendait patiemment. Il ferma son gros livre au bout d'un instant, et, se tournant à demi pour en prendre un autre au bout de la table, il aperçut sa petite visiteuse.

« Tiens! dit-il étonné, bonjour, filleule; que viens-tu faire ici?

— Bonjour, maître Jaquin, dit la petite voix tremblante; c'est... quelque chose... »

Elle ne pourrait pas, elle n'oserait jamais.

De plus en plus étonné, le fermier l'examinait curieusement, doublant ainsi l'embarras de la pauvre petite.

« Oh! oh! ça m'a l'air bien sérieux, dit-il en riant; voyons, l'enfant, qu'as-tu à me dire? »

Au lieu de répondre, elle baissa la tête et poussa un gros soupir.

Le fermier était un excellent homme, il n'aimait pas à effrayer les enfants; attirant près de lui la petite fille, il la força à le regarder.

« C'est donc bien grave, dit-il; allons, n'aie pas peur, dis-moi ce que tu veux. »

Elle reprit un peu d'assurance.

« Je viens, parce que... je sais... mon parrain... »

Elle s'arrêta, suffoquée; le fermier prenait une
figure sévère.

« Voulez-vous lui pardonner, maître Jaquin?... »

Le fermier la regardait; elle avait deux grosses
larmes dans les yeux.

Il fut un peu attendri.

« Ne te fais donc pas tant de chagrin, dit-il en
caressant ses cheveux, il ne le mérite pas. »

Comment s'y prit-elle, la petite souris?

Deux minutes plus tard, elle était sur les
genoux du fermier; ils causaient comme de
bons amis, elle n'avait plus peur; elle ne pleurait
pas, au contraire, ses yeux brillaient, elle était
radieuse.

« C'est entendu, disait le fermier; mais dis-lui
bien que c'est à toi seule qu'il le doit.

— Merci, maître Jaquin. » Et l'heureuse
Simone sauta lestement à terre et courut à la
recherche de son parrain.

Tant pis pour le coq! Simon, lui, n'avait pas
entendu un seul de ses kokorikos. Il ronflait à
défier tous les coqs du pays quand sa mère vint
l'éveiller.

Il s'habilla lentement, de l'air d'un condamné
qui sait ce qui l'attend; il avait les yeux bouffis,
et dans toute sa personne une expression très
morose quand il quitta sa chambre.

Simone l'attendait impatiemment.

« Va vite dire bonjour à ton père, il t'attend. »

Si elle savait!... pensa Simon, elle ne me presserait pas tant.

Et il entra à son tour dans le bureau.

Il y fut moins mal reçu qu'il ne s'y attendait. Son père lui fit tous les reproches que méritait sa conduite de la veille, mais ne lui infligea pas de punition ; il finit en lui racontant son entrevue avec Simone.

« Je lui ai promis de te pardonner, dit-il, et je tiendrai ma parole. Elle est gentille, cette petite. Mais ne t'avise jamais de recommencer une aventure de ce genre.

— Il n'y a pas de danger, mon père, s'écria Simon ; je me souviendrai de celle-là. »

Dans la cuisine, Simone aidait la fermière à préparer les paniers. Mais voilà que le pain tomba d'un côté et le fromage de l'autre. Le parrain avait enlevé sa filleule si vivement, que tout était en déroute.

Elle riait, mais lui était très grave.

« M'as-tu pardonné aussi, petite Simone ?

— Pardonner ! s'écria la mère Chéreau. Je voudrais bien la voir se permettre de pardonner quelque chose à un parrain comme toi. »

Simon secoua la tête :

« Hier, j'ai été un mauvais sujet et un mauvais parrain.

— Eh bien! dit la mère Chéreau, la petite te doit assez d'avance pour t'aimer et te respecter quand même; n'en parlons plus. »

Simon embrassa la petite fille.

« C'est la dernière fois que ton parrain aura quelque chose à se reprocher vis-à-vis de toi, dit-il d'une voix ferme, je te le promets. »

VIII

Depuis longtemps Simon n'est plus sous la direction de M. Barbot. Ils se sont quittés bons amis; car, depuis le jour de la malheureuse escapade à Saint-Remy, Simon a suivi l'école régulièrement et n'a jamais mérité un reproche grave.

Il a toujours bien travaillé, et M. Barbot, en se séparant de son élève préféré, l'a engagé à venir le voir souvent et a mis à sa disposition les quelques bons livres qu'il possède.

Maintenant Simon aide son père dans les travaux de la Pilaudière; c'est lui qui fait les comptes et la correspondance. Mais il n'est jamais bien longtemps enfermé dans le bureau, excepté le dimanche, qu'il emploie en partie à lire les volumes que lui prête le maître d'école; ses journées sont actives et se passent au grand air.

Quel gaillard! se dit maître Jaquin avec fierté,
quand il le voit, grand et robuste, travaillant de
tout son cœur au milieu des hommes de la ferme.
Allons, quand je serai vieux, la Pilaudière sera
encore en de bonnes mains.

Les jours de marché, Simon attelle le cheval
à la carriole, et son père l'emmène avec lui pour
faire son apprentissage de fermier. Il apprend
à connaître le cours des grains, des farines, le
prix des bestiaux, des chevaux, etc.

Quand ils peuvent rentrer de bonne heure,
Simon s'arrange toujours de façon à passer par
Larcy pour ramener Simone, qui les attend à
l'école; et l'hiver, si occupé qu'il soit, il trouve
un moment pour aller au-devant d'elle sur la
grande route, quand le jour commence à baisser.

Il n'a donc pas abandonné sa filleule, et la voisine qui assistait au baptême court risque de ne
jamais voir se réaliser la prédiction qu'elle a faite.
Elle a pu en juger déjà, le jour de la première
communion de Simone, car l'éloge du parrain
était sur toutes les lèvres : combien il s'était
occupé de la petite fille; comment, grâce à ses
soins, elle avait toujours été la meilleure élève
de M. le curé.

Et maintenant que le grand jour était arrivé,
ne voyait-on pas la petite orpheline heureuse et
fêtée à la Pilaudière comme les autres enfants
l'étaient chez eux?

Il ne l'a pas abandonnée, au contraire ; avec les années, ce titre de parrain a pris aux yeux de Simon un caractère de plus en plus sérieux. Il ne se borne pas à passer à sa filleule ses vieux habits et à changer de déjeuner avec elle.

Il est devenu son conseiller ; elle n'entreprendrait pas la moindre chose sans le consulter, et la mère Chéreau elle-même ne donne plus son avis que sous cette réserve : « Si ton parrain le veut. »

Mais aussi comme Simon a su s'attirer cette confiance et ce respect ! Quel bon parrain !

Comme il a tenu sa promesse ! et comme il s'occupe de sa filleule !

La petite maison est transformée ; c'est à lui qu'on le doit.

Le jardin leur fournit maintenant plus de légumes qu'il ne leur en faut pour toute l'année ; c'est grâce à lui encore.

Un jeudi, pendant sa dernière année d'école, il lui vint en tête de retourner les plates-bandes, d'arracher les mauvaises herbes, de semer des graines, d'arroser, de transplanter... Enfin il bouleversa de fond en comble ce coin abandonné, pour en faire un bon potager.

Il s'y mit avec ardeur et s'attacha tellement à son œuvre, qu'à partir de ce jour il y employa toutes ses heures de congé.

Le jardin était grand et lui coûta de la peine

èt du temps, mais un important succès le récompensa.

A la petite maison, on mangea bientôt des légumes « meilleurs encore que ceux de la Pilaudière », disait Simone ; et il y en eut en telle quantité, que chaque semaine la mère Chéreau put en remplir de grands paniers, que la fermière fit vendre au marché de Larcy avec les siens.

Ce fut le premier argent gagné par Simon ; la mère Chéreau ne voulut pas y toucher.

« Il faut prévoir, dit-elle, le temps où je serai trop vieille pour gagner ma vie ; gardons cela en réserve pour Simone tant que je pourrai travailler. »

Et chaque semaine elle le mit de côté religieusement.

Quand on eut réuni une petite somme, on la porta à la caisse d'épargne, et Simon fut bien heureux le jour où il prit, au nom de Simone Chéreau, ce livret qu'elle devait au travail de son parrain.

Après de graves discussions, qui se renouvelaient à chaque marché, Simon décida que « l'argent des légumes » servirait à payer, dans quelques années, l'apprentissage de sa filleule.

En attendant, Simone allait à l'école, où elle s'appliquait de toutes ses forces. On ne lui demandait encore que cela ; mais un beau jour elle acquit d'elle-même une grande qualité, elle devint femme de ménage.

En quittant la Pilaudière pour rentrer à la petite maison, elle s'aperçut un soir que tout ici était triste, délabré, mal tenu, et ce jour-là s'éveilla pour la première fois son amour-propre de ménagère.

C'était un samedi, et tous les samedis on faisait un branle-bas complet à la Pilaudière ; le carreau était lavé dans toutes les chambres, les fenêtres nettoyées, les cuivres frottés. La mère Chéreau venait dès l'aurore et travaillait jusqu'au soir, grattant, rangeant, époussetant ; la fermière était partout à la fois, et, quand on se réunissait le soir pour le souper, chacun s'en étant mêlé, tout brillait depuis le grenier jusqu'à la cuisine, aussi bien qu'à la laiterie et dans l'étable.

Ce samedi-là particulièrement, la Pilaudière avait un tel lustre, que la pauvre petite maison paraissait doublement misérable par comparaison.

C'est bien laid chez nous ! se dit Simone en examinant tout ce qui l'entourait, et elle poussa un gros soupir. A la Pilaudière, tout est gai et en ordre ; mais grand'mère n'a pas de temps à perdre ici, et les pauvres ne peuvent pas être logés comme les riches.

Le temps étant très beau, elle s'était assise sur la marche et regardait le potager.

De chaque côté de la maison il n'y avait plus de choux, Simon les avait ôtés ; mais il avait laissé les rosiers, qui, bien taillés et soignés, étaient devenus superbes et fleurissaient dans ce moment.

Voilà tout ce que nous avons de joli ici, se dit Simone ; et elle eut une minute d'attendrissement en pensant à la peine que s'était donnée son parrain pour cultiver le jardin.

Et voilà que là-dessus elle fit mille réflexions.

Après tout, pour transformer ainsi ce coin de terre, il n'avait fallu que du soin et des peines, mais pas d'argent. Si elle essayait d'en faire autant pour la maison ?

Seulement tout est laid et vieux dans les deux pauvres chambres : pas de rideaux aux fenêtres ; les vitres sont barbouillées, c'est même ce qui rend les pièces si sombres et si tristes ; par terre, le carreau usé est devenu inégal, et puis il y a si peu de meubles !

Décidément on ne peut rien tirer de bon de tout cela. Pourtant... si on lavait souvent le carreau, il deviendrait plus joli ; les vieux meubles, bien frottés, brilleraient encore un peu. Mais les fenêtres...

N'importe, dit tout à coup Simone en se levant, jeudi prochain je rangerai la maison ; nous verrons bien !...

Elle ne parla à personne de sa résolution, et le jeudi, quand sa grand'mère partit comme d'habitude pour sa journée, Simone lui dit :

« Je ne vais pas avec toi à la Pilaudière, ce matin ; j'ai quelque chose à faire. »

La grand'mère fut un peu étonnée ; mais comprenant que Simone parlait d'un devoir ou d'une leçon, elle partit, la laissant maîtresse du terrain.

C'est ce que voulait la petite fille.

Comme elle était soigneuse, elle commença par se couvrir d'une vieille robe qu'elle ne craindrait pas de salir, puis elle regarda autour d'elle.

Quand on n'a que douze ans, il est permis d'être un peu embarrassée en pareil cas.

Ce n'est pas la force qui lui manquait pourtant ; ayant passé sa vie à la campagne, elle avait de bonnes joues fraîches et rondes, et elle était grande pour son âge ; mais elle n'était pas habituée comme la fermière à ces grandes opérations de ménage.

Enfin, prenant son parti en brave, elle saisit le balai.

Il était vieux comme le reste, et, premier obstacle à surmonter, après une minute de vigoureuses poussées en tout sens, le manche lui resta dans la main.

Elle balayait de si bon cœur, qu'elle faillit perdre l'équilibre.

« Oh ! » fit-elle désappointée, en contemplant le manche d'abord et ensuite le balai.

Il y eut un temps d'arrêt ; mais elle ne pouvait s'arrêter en si beau chemin.

Elle répara le balai de son mieux, et bientôt les deux chambres furent propres.

Ensuite, prenant une terrine pleine d'eau, elle entreprit le lavage du carreau.

Cela fut long ; et comme elle était essoufflée, la pauvre ménagère ! Quand elle eut terminé, elle dut se reposer un instant ; mais sa tête travaillait sans relâche.

Ces vitres barbouillées sont affreuses, pensait-elle ; si j'avais des rideaux !

Et, se levant tout à coup, transportée :

J'en ferai ! quelle bonne idée ! J'en ferai au crochet !

En attendant, il fallait laver les vitres sans les casser.

Elle se mit avec ardeur à cette nouvelle tâche.

C'était, en petit, comme les samedis de la Pilaudière.

Quand tout fut fait, elle alla avec une vraie joie se placer devant la porte ouverte pour admirer son œuvre.

« C'est déjà bien mieux ! » murmura-t-elle satisfaite.

Alors elle s'habilla et rangea soigneusement ses affaires.

« Pauvre grand'mère, murmurait-elle, elle travaille beaucoup ! Je ne l'aidais jamais; mais je l'aiderai maintenant. Tous les jeudis je rangerai la maison comme aujourd'hui. »

Il est bien connu, et depuis longtemps, que le meilleur moyen pour être content de tout est d'être content de soi.

Simone l'éprouvait ce jour-là.

La maison ne lui semblait plus ni triste ni laide. D'abord elle était claire et propre; c'est le principal.

Tout le monde ne peut s'acheter de beaux meubles, des dorures, des glaces; mais on s'en passe si facilement !

Ce qui est indispensable, c'est la propreté, et les choses s'arrangent vraiment mieux qu'on ne le dit.

Avec la meilleure volonté du monde, une pauvre petite fille de douze ans ne peut en une matinée meubler sa maison de toutes ces choses superflues, tandis que sans argent, avec un peu de courage, un vieux balai et une terrine d'eau, elle peut arriver à ce vrai luxe, le seul nécessaire : la propreté.

Dans sa cage, l'oiseau prisonnier ne chante jamais plus gaiement que lorsqu'on vient de faire son petit ménage; Simone, seule au milieu de sa maison propre, chantait à perdre haleine, heureuse d'avoir rempli un devoir, de la bonne résolution qu'elle venait de prendre, et très fière d'avoir accompli ce beau travail. .

Quelqu'un l'appela, elle n'entendit pas.

Elle continuait à ranger, chantant de plus belle, quand tout à coup elle tressaillit et se tut.

Une tête venait d'apparaître à la fenêtre et la contemplait en riant.

« Que fais-tu là, rossignol ?

— Ah ! mon parrain ! Viens voir comme c'est beau chez nous ! cria-t-elle gaiement.

— Je vois bien ; mais qui a fait tout cela ?

— C'est moi.

— Seule ?

— Toute seule, » répondit Simone, jouissant de sa surprise.

Alors il entra, et chaque découverte nouvelle lui arracha des cris d'admiration.

« J'ai bien travaillé, va, depuis ce matin.

— Tellement que tu oublies le déjeuner, dit Simon ; je viens te chercher. »

Puis, regardant de nouveau autour de lui :

« Quel changement ! s'écria-t-il, on ne reconnaît plus la maison. Maman sera contente de toi, il faut l'amener ici. »

Simone était ravie. Il y avait un point noir cependant : les rideaux.

« Il manque quelque chose, dit-elle d'un air préoccupé.

— Quoi donc ? Je ne vois pas, » dit Simon reprenant son examen.

Elle montra les fenêtres, et pompeusement :

« Je ferai des rideaux au crochet, dit-elle; mais en attendant... »

Elle hocha la tête de l'air d'un architecte qui médite un embellissement quelconque dans ses constructions.

Simon, qui la regardait, hocha aussi la tête, mais sans trouver rien dedans.

« Je ne veux plus barbouiller mes vitres propres, » reprit la ménagère avec vivacité.

A cette idée sacrilège, le parrain se récria aussi.

Pourtant Simone voulait quelque chose à ses carreaux.

« J'ai ton affaire, cria tout à coup Simon; nous allons découper de jolis dessins clairs dans un papier blanc, et nous collerons cela proprement sur les vitres. »

Quel parrain ingénieux ! Simone sauta de joie.

« Viens, reprit Simon, on nous attend à la Pilaudière ; nous ferons cela après le déjeuner. »

Ce ne fut pas la seule amélioration apportée par le parrain.

Sur la demande de Simone, il répara solidement le balai, raccommoda une chaise cassée, remit un carreau qui manquait devant le foyer.

Il fabriqua un couvercle pour la caisse à
charbon. Et qui pouvait se douter maintenant
qu'il y en eût dans la maison?...

Le soir, ce fut un vrai pèlerinage.

La fermière entra, suivie de la grand'mère,
suivie de maître Jacquin, qui voulait voir
aussi, puisqu'il avait une occasion de passer
par là.

Après eux venaient Simon et Simone, le parrain presque aussi content que sa filleule. Ce
fut un concert de louanges et de bénédictions
de la part de la grand'mère et de la fermière.

Celle-ci posa sa main sur la tête de Simone,
et, la regardant dans les yeux comme elle l'avait
fait le jour du baptême :

« Je l'avais bien vu, dit-elle en souriant, que
l'enfant serait une petite femme active... et pas
sotte. »

De ce jour donc data la transformation de la
petite maison. Ce n'est pas un palais, certes,
c'est une chaumière, la plus simple peut-être et
la plus pauvre du pays, mais elle est méconn-
aissable ; les fameux rideaux sont aux fenêtres ;
tout est si gai et si propre, qu'on est toujours
tenté d'y entrer quand on passe devant la porte
ouverte.

Simone aime tant sa petite maison, qu'elle y
passe volontiers ses jeudis maintenant ; elle
devient une femme de ménage très sérieuse ;

elle apprend à coudre, et la fermière lui donne de l'ouvrage.

La petite fille s'applique toujours ; mais quand elle travaille pour son parrain, même avec des lunettes on ne voit pas du tout les points.

Elle s'occupe bien de dorures, de glaces et de fauteuils quand elle s'assied sur la marche, son ourlet entre les doigts, pendant que sa grand'-mère tricote des chaussons pour l'hiver prochain et que son parrain travaille pour elle dans le potager !

Nulle part on ne pourrait trouver des gens aussi parfaitement heureux qu'ils le sont tous, à la Pilaudière comme à la petite maison.

Cela durera-t-il toujours?

Peut-être non, puisque dans ce monde chacun doit avoir sa part de tribulations.

IX

C'était jour de marché à Larcy ; Simon y avait passé la journée et venait de rentrer. Avec l'aide d'un de ses hommes il dételait la carriole, quand une grosse voiture de marchand entra avec fracas dans la cour de la Pilaudière, au grand effroi des volailles, et vint s'arrêter devant la maison.

« Tiens ! s'écria le garçon de ferme, c'est la voiture qui a failli écraser la petite Chéreau dans le temps.

— A quoi voyez-vous cela, mon brave ? demanda le marchand, qui venait de sauter à terre.

— Mais je vous reconnais bien, vous m'avez raconté la chose vous-même à l'auberge.

— Cela se peut, » dit le marchand d'un ton distrait.

Sans doute il avait oublié cette circonstance depuis longtemps.

« Au fait, reprit-il, vous me rappelez l'aventure ; vous cherchiez la petite partout. Eh bien ! l'avez-vous trouvée à la fin ?

— La voilà ! dit le garçon de ferme montrant Simone, qui paraissait sur la porte.

— Allons, tant mieux, dit l'homme en riant ; je lui donnerai un foulard pour sa peine. »

Et, attachant son cheval à un des anneaux fixés dans le mur, il entra dans la maison.

Il arrivait souvent que ces marchands ambulants s'arrêtaient, au passage, à la Pilaudière pour y offrir des marchandises ou prendre des commandes.

Bientôt toutes les femmes entourèrent la voiture, les unes admirant de bonne foi tout ce qu'on leur montrait, les autres discutant les prix, malgré les protestations du vendeur, prêt à jurer que l'occasion était exceptionnelle, et que pour leur faire plaisir seulement il consentait à vendre sa marchandise à si bon compte.

« Je suis pressé, répétait l'homme pour activer la vente ; ma tournée n'est pas finie, et je veux dîner à Saint-Remy. »

Maître Jacquin était hospitalier :

« Le souper sera prêt dans un instant, dit-il ; mangez-le avec nous, vous réglerez vos affaires en même temps, et vous ferez votre tournée après. »

Simone et sa grand'mère dînaient aussi à la Pilaudière ce soir-là.

On parla naturellement du marché.

« Eh bien ! demanda le fermier, les affaires allaient-elles aujourd'hui ?

— Mais oui, répondit le marchand, assez pour me faire regretter de n'être pas là à mon compte.

— Pour quelle maison voyagez-vous ? demanda alors Simon.

— Pour la maison Leroy, de Villeneuve. »

La mère Chéreau, qui jusque-là n'avait prêté que peu d'attention à ce qui se disait autour d'elle, dressa l'oreille.

« Quel nom dites-vous ? demanda-t-elle, subitement intéressée.

— Paul Leroy, successeur de Joseph Leroy, à Villeneuve-sur-Yonne.

— C'est mon cousin ! s'écria la mère Chéreau ; je suis de Villeneuve, mais depuis trente ans c'est la première fois que j'en entends parler. Nous nous connaissions à peine ; quand je me suis mariée, il était tout jeune.

— Il ne l'est plus, dit le voyageur, mais en revanche il est riche ; il a quitté la boutique de son père, et il possède maintenant un des plus grands magasins de Villeneuve.

— Est-il marié ? demanda la mère Chéreau.

— Veuf et sans enfants.

— Eh ! dit en riant la fermière, c'est comme un oncle d'Amérique pour Simone.

— Je lui parlerai de sa petite cousine, dit le voyageur. C'est heureux tout de même que je ne l'aie pas écrasée, » ajouta-t-il avec un gros rire.

La mère Chéreau se sentait rajeunie de quarante ans, disait-elle. Elle accabla le marchand de questions sur les Leroy père et fils, et sur tous les habitants de Villeneuve.

De sa vie elle n'avait tant causé.

Quand le voyageur la quitta, ils étaient les meilleurs amis du monde. Il offrit à Simone le plus beau de ses foulards.

« De la part de votre cousin, dit-il en souriant.

— N'oubliez pas l'heure du souper quand vous repasserez par la Pilaudière, » cria le fermier comme le voyageur remontait dans sa voiture.

Celui-ci était très disposé à s'en souvenir ; il remercia le fermier, et promit en partant qu'on aurait de ses nouvelles.

Un mois se passa sans qu'on entendît parler de « l'oncle d'Amérique », comme l'appelait toujours Simon, lorsqu'un matin, à la grande émotion de Simone, le facteur apporta une lettre à la petite maison.

Simone la tourna et la retourna comme un objet extrêmement rare et curieux ; c'était, à sa connaissance, la première qu'on y reçût.

Sur l'enveloppe, elle déchiffra un des cachets de la poste : Villeneuve !

« L'oncle d'Amérique ! » cria tout haut Simone dans son agitation, et, sans perdre une minute, elle courut tout d'un trait à la Pilaudière.

C'était le grand jour, le samedi !

La mère Chéreau, assise au milieu des casseroles, exerçait son ministère avec une telle conscience, que Simone, lorsqu'elle ouvrit la porte, recula éblouie : le soleil inondant la cuisine, sa grand'mère parut entourée tout à coup d'astres lumineux.

« Une lettre ! cria l'enfant hors d'haleine et hors d'elle-même tout ensemble ; grand'mère, une lettre de Villeneuve ! »

Les casseroles semblèrent tressaillir sous les mains tremblantes de la mère Chéreau.

« Une lettre !... ouvre-la vite. »

Et, d'une voix suffoquée, Simone lut tout haut :

« Ma cousine,

« Alphonse Brossin, mon voyageur, m'a parlé de vous et de votre petite-fille ; nous ne nous connaissons plus, mais je serais heureux de renouveler connaissance avec vous, ayant une proposition à vous faire.

« Je n'ai pas le temps de surveiller mon

ménage, et, depuis que je suis veuf, tout marche de travers chez moi.

« Consentiriez-vous à revenir à Villeneuve et à tenir ma maison ?

« Votre petite-fille aurait une place dans mon magasin ; je me charge de la mettre au courant et d'en faire une bonne commerçante.

« Réfléchissez avant de me répondre ; nous ferons ensuite nos conditions.

« Brossin dit que votre petite-fille est gentille ; un jour je pourrai lui être utile, n'ayant ni enfants ni neveux. »

Toutes bouleversées, la grand'mère et l'enfant se regardèrent sans parler. La mère Chéreau était pâle, et des larmes roulaient sur ses joues.

« Relis-moi encore cela, » dit-elle enfin.

Simone obéit ; mais elle avait bien compris, et la lettre était signée Leroy.

« Où est maître Jacquin ? dit-elle en se levant très agitée ; viens. »

Simone la suivit dans le bureau.

Le fermier réglait avec son fils les comptes de la semaine.

« Qu'y a-t-il ? » s'écria Simon effrayé.

Depuis la nuit de la disparition de Simone, il n'avait jamais vu une telle expression sur ce vieux visage.

« Une drôle de lettre ! murmura-t-elle ; voyez. »

La fermière était entrée à son tour.

Que se passait-il ?

La mère Chéreau abandonnant ses casseroles au milieu de la cuisine, cela ne s'était jamais vu.

Le fermier prit la lettre, qu'il lut tout haut.

Puis il regarda sa femme et ensuite la mère Chéreau.

Simone regardait son parrain.

Comprenait-elle l'avantage de tout cela?

Non, sans doute; car elle n'avait qu'une seule pensée :

Si grand'mère accepte, je ne verrai plus mon parrain ; je quitterai la Pilaudière, la petite maison, tout ce que j'aime.

Et certes, les larmes qui montaient à ses yeux n'étaient pas des larmes de joie.

« Il faut accepter, mère Chéreau, disait le fermier; c'est peut-être la fortune qui tombe du ciel sur votre petite-fille. »

Simone regardait toujours son parrain; mais son parrain n'aimait pas la voir pleurer. C'est pour cela sans doute qu'il se détourna brusquement et quitta la chambre sans dire un mot.

« C'est mon pays, répétait la mère Chéreau de sa voix tremblante; j'ai tant pleuré en quittant Villeneuve ! et puis la petite serait heureuse.

— Non, non ! cria tout à coup Simone éclatant en sanglots, je serais malheureuse ; j'aime mieux la Pilaudière, j'aime mieux rester ici. Je ne veux pas aller à Villeneuve.

— Tais-toi, petite, dit le fermier ; il faut être raisonnable, tu es une grande fille maintenant.

— Que faire ? s'écria la mère Chéreau, que cette opposition énergique rendait très perplexe.

— Accepter, répéta le fermier avec insistance ; prend-on jamais l'avis d'un enfant ? Dans deux heures la petite sera consolée ; au bout de huit jours elle sera enchantée d'être là-bas, et plus tard elle vous remerciera. Croyez-moi, mère Chéreau, acceptez ; ce serait pécher que de refuser pour vous et la petite une offre pareille. »

Depuis longtemps le fermier était, dans les grandes circonstances, le conseiller de la mère Chéreau ; il avait toute sa confiance. La fermière partageait l'opinion de son mari ; elle-même, au fond du cœur, se sentait toute disposée à répondre oui à la proposition de son cousin ; c'était donc une affaire décidée quand elle quitta le bureau, quoiqu'elle eût dit en sortant :

« J'ai besoin de réfléchir ; je suis encore tout étourdie. »

Simone pleurait silencieusement dans son coin. La fermière était sortie avec sa grand'-mère ; le fermier relisait la lettre du cousin et paraissait oublier la petite fille.

Pourtant, comme elle faisait un mouvement pour s'en aller, il l'appela près de lui :

« C'est mal de demander à rester ici, dit-il ; même en travaillant beaucoup, tu ne pourrais faire à ta grand'mère une vieillesse heureuse, tandis que chez ton cousin vous serez à l'abri de tout ; tu auras une bonne position, sans compter ce que l'avenir te réserve peut-être. »

La petite fille le regardait sans parler.

« Comprends-tu cela, petite folle ?

— Oui, dit-elle enfin, mais je suis si heureuse ici avec vous tous et... » Un sanglot lui coupa la parole : « ... Et avec mon parrain ! » s'écria-t-elle désespérée.

Il crut la revoir toute petite comme le jour où, seule avec lui dans ce même bureau, elle avait obtenu la grâce de ce parrain. Il caressa ses cheveux comme il l'avait fait alors, et, tout ému de son chagrin, adoucit sa voix :

« Crois-tu que nous ne te regretterons pas ? dit-il ; tu nous manqueras bien ici, petite filleule ; mais ton cousin t'aimera aussi et sera bon pour toi.

— Pas comme mon parrain. »

Le fermier sourit.

« Personne ne peut t'aimer comme ton parrain, dit-il, puisqu'il t'a adoptée pour son enfant ; mais d'autres t'aiment aussi, et, si tu es une bonne fille, ton cousin t'aimera certainement. Voyons, seras-tu raisonnable ?

— Oui, » dit-elle dans un gros soupir.

Et pour le prouver elle essaya de ne plus pleurer; mais ce fut inutile, et elle retourna toute seule dans la petite maison pour y pleurer à son aise.

La vraie consolation, la meilleure de toutes, c'est le parrain qui la trouva.

Il avait vu Simone se sauver chez elle; et, dès qu'il fut libre, il courut la rejoindre.

La fenêtre était ouverte, mais le rossignol ne chantait plus quand il y pencha sa tête pour l'appeler.

« Simone, » dit-il.

Elle était à genoux, la tête appuyée sur une chaise; mais elle se leva aussitôt et vint docilement au-devant de lui.

« As-tu le droit de m'empêcher de partir? demanda-t-elle avec une nuance d'espoir dans la voix.

— Non, dit-il tristement.

— Mais puisque tu es mon parrain.

— Les parrains n'ont pas tant de pouvoir que tu le crois, dit-il en souriant, et puis j'en aurais le droit, que je ne le ferais pas; je suis plus raisonnable que toi. »

Elle baissa la tête; ce dernier espoir s'envolait, et elle trouva son parrain bien dur.

Il le comprit.

« Cela me fait plus de peine que tu ne crois de me séparer de toi, reprit-il; mais de toute façon cela devait arriver.

— Pourquoi? dit-elle étonnée.

— Parce qu'il faut que je sois soldat; je vais faire un an de service.

— Ah! c'est vrai.

— Tu vois bien; et cela, rien ne peut l'empêcher; il faut en prendre son parti. Je m'en irai en même temps que toi, à peu près. »

Un an!... c'est très long!

La Pilaudière sans le parrain, ce serait presque aussi triste que d'être là-bas.

Si une chose au monde pouvait diminuer les regrets de Simone, c'était cette considération-là.

Le parrain ne la faisait pas valoir pour rien.

« Et puis tu ne vas pas au bout du monde, reprit-il; quand j'aurai des congés, j'irai te voir à Villeneuve.

— En soldat? s'écria-t-elle avec une joie naïve.

— En soldat. »

Oh! qu'elle serait fière de voir son parrain en militaire!

Pourtant, après un moment de réflexion, elle redevint triste.

« Au bout d'un an tu reviendras, murmura-t-elle, et moi je serai toujours là-bas.

— Bah! s'écria-t-il, affectant un ton léger, tu seras alors une grande demoiselle de la ville, tu ne daigneras plus habiter la petite maison, et tu t'ennuyerais avec nous!

— Oh ! fit-elle, oh ! mon parrain ! »

C'est tout ce qu'elle put dire.

Il venait de rouvrir une source de larmes, elles jaillirent de nouveau de ces pauvres yeux gonflés ; suffoquée de chagrin et d'indignation, elle s'enfuit en courant dans la maison et ferma la porte sur elle.

Elle était trop malheureuse ; elle avait presque envie de mourir.

Le parrain rouvrit la porte sans cérémonie et vint la rejoindre.

« Allons, petite sotte, ne pleure pas comme cela, dit-il tendrement ; c'était une plaisanterie, je sais bien que tu ne nous oublieras pas.

— Non, dit-elle à travers ses sanglots ; mais toi tu ne vas plus m'aimer, parce que je m'en vais ; je ne veux pas être une demoiselle ! Est-ce ma faute si on m'emmène ?

— Ce n'est ni ta faute ni la mienne, et je ne t'en aimerai pas moins, au contraire ; mais cela n'empêche pas, ajouta-t-il tristement, que tu n'auras plus besoin de ton parrain là-bas, et qu'il ne pourra rien faire pour toi. »

Le parrain n'était pas beaucoup plus sage que sa filleule, quoi qu'il en pût dire ; au lieu de la consoler, voilà qu'il se lamentait avec elle, perdant ainsi l'avantage qu'il avait remporté d'abord en faisant valoir son prochain départ.

« Tu étais tout à fait à nous, reprit-il après

un instant de triste silence, et maintenant on
me prend ma petite fille !

— Cela te fait du chagrin ? dit-elle.

— Beaucoup, mais puisque c'est pour ton
bonheur... »

Elle l'interrompit brusquement :

« Qui vous dit que je serai heureuse là-
bas ! »

Ce doute ne lui était pas venu.

Aux yeux de tous, l'offre du cousin était une
chance inespérée. On avait toutes les raisons
du monde pour croire que Simone serait heureuse ; elle « devait être » heureuse !

Il était impossible d'admettre le contraire, et
si la petite fille se débattait ainsi contre son sort,
c'était par enfantillage, parce qu'elle ne comprenait pas la portée de cette lettre, qui, tout en
lui coûtant bien des larmes aujourd'hui, assu-
rait pourtant son bonheur à venir.

Elle était inquiète de ce changement, troublée
par le chagrin de la séparation ; mais le fermier
avait raison, ses amis devaient lui conseiller de
partir, et plus tard elle leur en serait recon-
naissante.

C'était évident.

Pourquoi alors le parrain était-il devenu tout
soucieux ? Avait-il peur maintenant, comme la
petite fille ?

« Après tout, murmurait-il en réfléchissant,

nous pensons bien faire; mais tant de choses peuvent arriver! »

Enfin, à la volonté de Dieu! Qui peut voir l'avenir de si loin?

Il secoua la tête, et, souriant :

« Allons, petite filleule, du courage! s'écria-t-il; tu vas me rendre aussi poltron que toi. »

Il ne réussit pas à la faire sourire.

« Je serai malheureuse! » répéta-t-elle d'un ton morne.

Alors il la regarda, et lui posant la main sur l'épaule :

« Écoute-moi, dit-il d'un ton sérieux, tu m'écriras souvent; si tu as des chagrins là-bas, raconte-les-moi et ne crains rien, je ne t'abandonnerai jamais. As-tu confiance en moi?

— Oh! oui; et maintenant, dit-elle d'une voix douce, je suis contente. Je pensais... » Elle hésita : « J'avais peur .., reprit-elle en séchant ses yeux, que tu ne veuilles plus t'occuper de moi à cause de mon cousin.

— Ne crois pas cela, dit-il vivement; car enfin je serai toujours ton parrain! » ajouta-t-il d'un ton d'autorité qui défiait tous les cousins du monde.

Quand il la ramena à la Pilaudière, elle était plus calme.

Il avait habilement reparlé de son départ pour le régiment; il aurait des congés plus qu'il n'en voudrait. (Elle n'en doutait pas un instant.) Il irait la voir à tout propos, la ramènerait en visite à la Pilaudière; ce serait une vie délicieuse! C'est comme cela quand on est militaire. Enfin il fit tant de beaux projets, qu'elle se résignait presque à partir... puisque son parrain partait aussi.

X

La petite maison est fermée, le potager abandonné; maître Jaquin est tout seul maintenant
pour faire ses courses et surveiller les travaux
de la Pilaudière.

« C'est triste ici, sans nos enfants, » répète-t-il
souvent.

Le fermier dit toujours « nos enfants ».

Simone n'est-elle pas comme la petite sœur
de son fils? N'a-t-elle pas été élevée presque
complètement chez lui?

Et quel bon frère aîné elle a trouvé en Simon !
quelle affection, que de soins depuis l'heure de
son baptême jusqu'au jour où il a dû la quitter !

Et comme il parle d'elle encore dans toutes
ses lettres !

N'est-ce pas touchant de voir la tendresse de

ce grand frère pour sa petite sœur d'adoption, de ce parrain pour sa filleule?

Le fermier songe souvent à cela depuis le départ des enfants quand il est seul au coin du feu le soir avec sa femme, et ils en aiment doublement cette petite Simone, qui leur est elle-même si attachée.

« Ma foi! c'est presque lui qui l'a élevée, disait maître Jaquin avec attendrissement; il savait si bien la raisonner et la sermonner, qu'il en faisait tout ce qu'il voulait, et puis c'était vraiment une gentille petite fille.

— Et lui un bon garçon.

— Oh! oui. Je voudrais bien qu'il eût fini son temps! » reprenait le fermier en soupirant.

On n'en était pas là encore. Simon était parti depuis trois mois seulement, quoique ce temps eût paru double au fermier.

Depuis trois mois donc Simon faisait l'exercice, montait à cheval (il était entré dans la cavalerie), et mettait tous ses soins à éviter la salle de police.

La vie militaire ne lui offrait pas tant de loisirs que sa naïve filleule l'aurait cru; mais il ne se plaignait jamais et ne reculait devant rien, pensant avec raison que partout on doit remplir son devoir, facile ou non, agréable ou non, et qu'il n'en coûte pas plus d'être un bon soldat qu'un mauvais.

Simon était parti pour l'armée.

Dans la principale rue de Villeneuve, à travers la vitrine d'un magasin de nouveautés, on aperçoit les grands comptoirs, sans cesse encombrés d'étoffes de toutes les couleurs et de tous les prix; les acheteurs sont nombreux sans doute ou particulièrement difficiles.

Au bout d'un des comptoirs apparaît une petite tête presque toujours effarée, car Simone a de la peine à se faire au mouvement, au va-et-vient continuel d'un grand magasin.

Elle ne sait pas vendre encore (et même l'osera-t-elle jamais?), mais elle s'applique de son mieux à tout ce qu'on lui confie.

Ce n'est pas amusant de remettre éternellement les mêmes étoffes dans les mêmes plis, pour les replacer ensuite dans les mêmes rayons! Pourtant elle le fait avec beaucoup de soin, et un pli ne dépasse jamais l'autre.

Quelle émotion quand une belle dame s'adresse à elle, et comme elle est rouge pour avoir demandé seulement « ce que désire Madame » !

Madame désire toujours des choses si compliquées, que Simone se sauve en appelant quelqu'un au secours.

Heureusement son cousin est bon et indulgent pour elle.

« Cela viendra, dit-il, tu en prendras l'habitude. »

Elle commence à connaître la ville et porte quelquefois les petits paquets pour les belles dames; ce serait plus amusant que de replier les étoffes s'il y avait moins de monde dans les rues, mais elle ne sait comment faire; on la pousse toujours d'un côté ou d'un autre.

La mère Chéreau est si heureuse, qu'elle a réellement rajeuni de dix ans; elle a retrouvé d'anciennes amies de sa jeunesse qui sont maintenant des grand'mères comme elle.

Elle est plus active que jamais, court aux provisions, entreprend des lessives, ne laisse presque rien à faire à la petite bonne qui est là pour l'aider, et les casseroles de la Pilaudière seraient jalouses des casseroles du cousin Leroy.

Pauvre Pilaudière!

Comme Simone y pense derrière son comptoir, dans cet océan d'étoffes!

Il y a un canapé, des chaises de velours dans le « salon des confections »; une grande glace devant laquelle souvent elle s'est adressé par méprise de belles révérences, croyant que quelqu'un s'avançait au-devant d'elle; mais comme elle revoit au milieu de tout cela la petite maison, avec les fameux rideaux au crochet, la marche sur laquelle elle s'installait pour coudre, le beau soleil couchant dans le potager, et Simon, son parrain, qui chantait si gaiement tandis qu'il préparait les bottes de légumes pour le marché !

Dans les premiers temps, quand les becs de gaz étaient allumés partout le soir, ces grandes glaces lui faisaient d'affreuses peurs; elle se croyait seule dans son coin, et tout à coup, en relevant la tête, elle voyait une demoiselle qui la regardait dans les yeux d'un air étrange.

Car c'était presque une demoiselle, il n'y avait pas à le nier !

Elle avait une robe noire « garnie d'un volant ».

(C'est pour le coup qu'elle avait rougi jusque dans les cheveux en avouant ce volant dans une lettre à la fermière.)

Un petit tablier qui ne ressemblait pas plus aux grands tabliers bleus de la Pilaudière qu'un petit poussin ne ressemble à un gros dindon. Un tablier de soie noire, attaché à la taille par un ruban, et si mignon, si coquet, qu'elle était tentée de se prendre pour une poupée quand elle le mettait; à son côté, une chaînette d'acier à laquelle pendaient ses ciseaux.

Paul Leroy l'avait ainsi voulu; sa cousine devait être élégante.

Il était bien question maintenant d'user les vieilles blouses et les anciens pardessus de son parrain !

C'était la misère dans ce temps-là.

Eh bien! sous ses beaux atours, elle était moitié moins gaie qu'autrefois.

Elle l'avait bien dit qu'on ne l'aimerait pas ici comme à la Pilaudière.

Sans doute le cousin était bon. Quand il achevait un bon dîner cuit à point, dans sa salle à manger propre et bien tenue, avec cette agréable pensée qu'on ne le volait plus et que tout marchait bien chez lui, il était d'humeur agréable et se déclarait très content de la bonne idée qu'il avait eue.

De son côté, la mère Chéreau, enchantée de ces témoignages de satisfaction, répétait qu'elle était très heureuse d'être revenue à Villeneuve et dans sa famille; alors le cousin se tournait vers Simone :

« Et toi, petite, es-tu contente? » demandait-il.

Elle essayait de se monter au même diapason et répondait en souriant :

« Oui, mon cousin, vous êtes bien bon. »

Et si, en tête-à-tête, la mère Chéreau lui faisait la même question, elle répondait encore : « Oui. » Grand'mère était si heureuse de penser à ce que l'avenir lui réservait, au bonheur qui l'attendait; elle en parlait si souvent!

Mais là-dessus Simone ne lui répondait que pour lui faire plaisir, et, au bout d'un instant, elle changeait de conversation pour revenir sans cesse à la Pilaudière, aux Jaquin, à Simon; alors elle parlait longtemps, sans se lasser; et lorsqu'elle embrassait sa grand'mère avant de s'endormir, elle lui disait quelquefois :

« Je suis contente le soir d'être toute seule avec toi; c'est comme là-bas, dans notre petite maison. »

Mais au magasin c'était bien différent de « là-bas ».

Sa grand'mère ne l'avait jamais grondée, elle la gâtait beaucoup; si la fermière lui faisait une remontrance, c'était « par amitié », disait-elle, et la petite fille le sentait bien; son parrain seul l'avait grondée quelquefois; mais les reproches du parrain, c'était sacré.

Et que n'aurait-elle pas donné pour qu'il fût près d'elle, la grondant encore!

Au magasin, elle se sentait très gênée, et ce n'étaient pas les belles dames seulement qui l'effarouchaient.

Il y avait une personne spécialement attachée au « salon des confections »; il y en avait une autre au comptoir de la lingerie, puis un jeune garçon pour les courses et les petits emballages.

C'était pour la pauvre Simone un affreux supplice que d'être forcée de recourir à ces dames et de s'attirer leurs reproches.

Son cousin l'avait confiée tout particulièrement à Mlle Amélie, « la dame des confections », comme l'appelaient les clientes.

Elle devait lui prodiguer les conseils, la former aux belles manières, lui apprendre à avancer des sièges et à conduire les belles dames d'un comptoir à l'autre.

Ces différentes missions n'avaient rien de bien difficile par elles-mêmes, mais la pauvre Simone désespérait d'y apporter jamais la grâce que son modèle y déployait.

Un jour même, à sa grande confusion, elle entendit Mlle Amélie grommeler à demi-voix :

« Je ne ferai jamais rien de cette petite paysanne ! »

Ce fut le coup de grâce; Simone, découragée, pleura longtemps le soir avant de pouvoir s'endormir.

« Je voudrais bien être encore une paysanne! » murmurait-elle avec ressentiment.

Et elle pensa tant à la Pilaudière, qu'elle en rêva; elle se voyait avec ses sabots; un des grands tabliers bleus de la fermière pendait devant elle, et le gros coq venait chercher du grain jusque dans ses poches.

Quels regrets quand elle s'éveilla!...

La dame des confections ne ménageait guère son élève; du reste, elle ne se gênait pas pour lui répéter souvent cette épithète de « petite paysanne », qu'elle jugeait sans doute une grosse injure.

Simone était douce, elle ne se plaignait

jamais. D'ailleurs, à quoi bon? Si le cousin s'informait de ses progrès auprès de Mlle Amélie, celle-ci ne manquait jamais de dire de sa voix gracieuse :

« Je la reprends souvent, Monsieur, mais c'est pour son bien. J'ai de la peine à la façonner : vous savez..., quand on arrive de la campagne... »

Que ce soit ou non pour le bien de Simone, sa maîtresse avait pour « la petite paysanne » un mauvais vouloir évident.

Simone ne savait à quoi l'attribuer.

Que lui ai-je fait? se demandait-elle, personne ne m'a jamais traitée comme elle me traite.

Elle se posa longtemps cette question sans pouvoir la résoudre; c'était, en effet, un gros mystère qu'elle ne comprit que bien plus tard.

Mais ces congés si fréquents que le parrain avait annoncés, à quelle époque commenceraient-ils donc!

Il écrivait souvent, et Simone dévorait la lettre aussi vite qu'elle le pouvait, espérant y voir l'annonce et la date de son arrivée; mais il promettait seulement qu'il viendrait « plus tard ».

L'hiver s'avançait, on était à la fin de février; c'est bien assez tard, pensait Simone : qu'entendait-il, lui, par ce « plus tard »?

Enfin Pâques approchait, et le parrain avait dit : vers Pâques.

Un jour, comme elle était enfoncée, selon l'usage, derrière ce monceau d'étoffes où la dame des confections la reléguait obstinément, elle tressaillit tout à coup.

La sonnette du magasin résonnait violemment. Ce n'était pas une belle cliente qui pouvait ouvrir la porte avec cette force; en effet, et la dame des confections corrigea le sourire aimable qu'elle avait déjà préparé par une expression très digne lorsqu'elle vit s'avancer... un soldat !

Cependant il faut être poli avec tout le monde, c'est une des premières qualités d'une demoiselle de comptoir; elle vint donc au-devant du militaire et demanda du ton le plus correct :

« Que désirez-vous, Monsieur?

— Mademoiselle Simone Chéreau, s'il vous plaît. »

A cette voix, Simone bondit derrière son nuage, passa comme un ouragan devant la dame scandalisée et sauta au cou de son parrain.

« Quelles manières ! dans le magasin !... » murmura la dame des confections.

Simone, folle de joie, se préoccupait bien peu dans ce moment de son ennemie.

« Enfin ! s'écria-t-elle quand elle put articuler un mot, ils vont donc commencer, ces congés! Viens voir grand'mère! »

Et elle entraîna vivement Simon hors de cet odieux magasin.

Le cousin Leroy fut très aimable pour Simon et l'invita à dîner ; il lui offrit même une chambre, que celui-ci accepta, car il ne repartait que le lendemain pour la Pilaudière.

La grand'mère apporta tous ses soins au dîner ; elle voulait fêter le parrain et lui montrer en même temps comment elle savait remplir ses nouvelles fonctions.

Après le dîner le cousin faisait sa caisse, et la mère Chéreau donnait un dernier coup-d'œil partout ; Simon se trouva donc seul un instant avec sa filleule.

Elle le vit examiner avec une certaine inquiétude le fameux volant et le tablier minuscule ; puis tout à coup la regardant en face avec un joyeux éclat de rire :

« Simone, dit-il, vas-tu devenir aussi grimacière que ces dames ? »

Ah ! comme elle l'imita de bon cœur ! Comme elle s'empressa de le rassurer en lui répétant l'exclamation de Mlle Amélie !

« Ainsi, elle est méchante pour toi ! » dit le parrain vivement.

Simone rougit, un peu embarrassée :

« Non, dit-elle tout bas, pas méchante ; seulement..., je crois qu'elle ne m'aime pas. Les autres sont très bons, ajouta-t-elle aussitôt, et grand'mère est si heureuse ici!

— Alors tu crois pouvoir t'habituer à cette vie-là?

— Oui, » répondit-elle.

Mais c'était sans enthousiasme; le parrain le vit bien et se sentit le cœur un peu serré.

« Tu viendras chez nous cet été, dit-il, nous arrangerons cela. »

Simone joignit les mains, et ses yeux brillèrent.

Comme elle parla de la Pilaudière, de maître Jaquin, de la fermière!

Ils passèrent en revue tous les vieux amis d'autrefois; il leur semblait qu'ils avaient quitté la Pilaudière depuis dix ans.

Le lendemain, Simone reprit sa tâche le cœur plus léger.

Son parrain était content, parce que, avait-il dit avec son joyeux rire, son volant ne la changeait pas, et qu'il espérait bien maintenant retrouver toujours sa filleule telle qu'elle était autrefois à la petite maison.

Il lui était bien indifférent que ces dames la traitassent de petite paysanne.

Son parrain les appelait des *grimacières* (elle se le répétait avec une malicieuse satisfaction), et il lui avait recommandé de rester malgré tout une bonne petite fille simple et franche.

Et puis elle retournerait à la Pilaudière. Avec quelle impatience elle attendait ce jour!

Seulement elle n'irait que pour un temps, hélas! Vivrait-elle donc séparée d'eux jusqu'à la fin de sa vie?

XI

« Simone, Mlle Amélie s'est plainte de toi hier ; elle était en droit de le faire depuis longtemps, m'a-t-elle dit, quoiqu'elle t'ait ménagée par bonté ; je regrette que tu ne lui montres pas plus de bonne volonté.

— Mais, mon cousin..., balbutia la pauvre Simone.

— Voilà plus de deux ans qu'elle s'occupe de toi ; tu devrais savoir l'aider depuis longtemps, et elle dit que tu en es incapable.

— Je fais ce que je peux, murmura la pauvre petite les yeux pleins de larmes.

— Il paraît alors que tu ne peux pas beaucoup. Mlle Amélie pense que tu ne seras jamais une bonne commerçante ; elle a peut-être raison. Moi, je ne demande qu'à te voir réussir ; mais il faut t'y prêter, au moins.

— Oui, mon cousin. »

Elle n'osa pas se défendre; elle ne dit pas que Mlle Amélie ne lui permettait jamais d'essayer son adresse; qu'elle l'employait seulement à ranger les vêtements dans les grandes armoires du salon des confections, à faire les courses et à servir de mannequin devant les clientes.

Elle lui faisait aussi remettre en ordre ce qu'on dérangeait à tous les comptoirs, et c'était une besogne si peu amusante, que souvent la pauvre Simone avait demandé comme une faveur de changer d'occupations.

Mais Mlle Amélie avait ses raisons sans doute pour refuser d'initier « cette petite paysanne » à des fonctions qu'elle-même remplissait à la satisfaction de tous en général, et de son patron en particulier.

Mlle Amélie « faisait sa tête » au magasin; Mlle Zoé, la dame de la lingerie, le disait bien, et le petit commis aussi, lui qu'elle traitait « comme un nègre », à ce qu'il racontait dans ses heures de révolte.

« Elle en viendra à ses fins! » disait quelquefoi la dame de la lingerie.

Et alors elle agitait sa tête et souriait mystérieusement; et le petit commis, faisant une grimace, grommelait :

« Ce sera le moment de quitter la maison, si jamais cela arrive! »

Simone ne prenait jamais part à ces confidences; mais elle les écoutait, se demandant ce que signifiait tout cela.

Le petit commis, plus heureux qu'elle, était monté en grade; depuis six mois il vendait la mercerie. Mais, lorsqu'il mesurait du galon, Mlle Amélie, qui le surveillait de près, ne lui laissait pas le temps d'arrondir son bras et d'ébaucher un sourire, lui enlevait le paquet des mains, et, déployant toutes ses grâces, disait d'une voix douce :

« On vous portera ce paquet, Madame. »

Le petit commis ne pouvait en prendre son parti. Cette façon de le rejeter toujours au second plan le mettait hors de lui.

C'est alors qu'il courait répandre ses plaintes dans les tiroirs à lingerie :

« Elle fait l'indispensable, disait-il; bientôt le patron croira que c'est elle qui fait tout ici !

— Elle arrivera à ses fins ! murmurait alors la confidente en rangeant ses cols et ses manchettes; vous verrez si je me trompe. »

Et de fait, quand le patron s'absentait, Mlle Amélie était à la caisse, prenait les clefs, et menait son monde à la baguette.

Au milieu de tout cela, la pauvre Simone se sentait aussi mal à l'aise qu'un poisson hors de l'eau.

Jusque-là elle avait vécu au milieu de braves

gens, simples et bons, et ne comprenait rien aux jalousies et aux calculs de son nouvel entourage.

Le jour où elle reçut des reproches de son cousin, son premier mouvement fut d'écrire à la Pilaudière.

C'était trop injuste! Elle sentait si bien qu'elle ne méritait pas les rapports peu indulgents que Mlle Amélie faisait sur son compte!

Puis elle réfléchit.

A quoi bon les tourmenter de ses chagrins?

Que leur dire? Toujours la même chose!...

Qu'elle s'ennuyait à Villeneuve, qu'elle ne pouvait s'habituer à sa nouvelle existence, qu'elle regrettait plus que jamais ses anciens amis.

Ils lui prêcheraient, comme d'habitude, la patience, la bonne volonté, le courage, se doutant peu cependant qu'elle eût autant d'occasions de pratiquer ces vertus chaque jour.

Elle s'en prit donc seulement à ses yeux (ce qui lui arrivait souvent), et pleura pendant un quart d'heure; ensuite elle réfléchit que cela ne l'avançait à rien et sécha ses yeux, sauf à recommencer une autre fois; puis enfin elle prit une grande résolution.

Elle n'était plus une enfant, elle aurait bientôt quinze ans, et voulait être raisonnable et courageuse.

Elle pria de tout son cœur, demandant à Dieu

la grâce de rester soumise à sa volonté et de supporter ses ennuis, par devoir, à cause de sa grand'mère.

Pauvre grand'mère, qui l'avait toujours soignée depuis qu'elle était au monde, qui avait eu tant de peine à l'élever! Ne serait-elle pas bien ingrate de troubler maintenant sa vieillesse si tranquille et si heureuse?

« Oh! mon Dieu, ce serait bien mal, murmurait Simone, et je ne le ferai pas, quoi qu'il arrive! »

Et, décidée à tenter un grand effort, elle entra au magasin le lendemain matin dans les meilleures dispositions.

Mlle Amélie venait d'y arriver, et Simone la suivit dans le salon, où elle trônait habituellement.

Elle prit un vêtement préparé depuis la veille, et le montrant à sa maîtresse :

« Voulez-vous que j'essaye de coudre ce manteau, Mademoiselle? » demanda-t-elle de cette voix craintive qu'elle avait toujours au magasin.

Mlle Amélie, la douce, la gracieuse Mlle Amélie, se jeta sur le vêtement comme si la pauvre Simone avait menacé de le déchirer.

Quand il fut en sûreté sur le comptoir, Mlle Amélie sembla respirer plus à l'aise.

« Êtes-vous folle? s'écria-t-elle alors; vraiment ce sont les plus maladroits qui ont le plus de prétentions! Un manteau pareil! d'une étoffe si chère! En voilà un aplomb!

— Si vous ne voulez pas me confier celui-là, montrez-m'en un plus facile, Mademoiselle; je ne demande pas mieux que d'essayer.

— Essayer!... J'ai autre chose à faire que de surveiller les essais d'une petite sotte comme vous! Savez-vous coudre seulement? »

La « petite sotte » perdit malheureusement patience :

« Oui, Mademoiselle, répondit-elle pâle et les lèvres pincées, je sais coudre, parce qu'on a bien voulu me l'apprendre. »

La dame des confections la regarda en dessous :

« Est-ce que par hasard... cette petite ..? »

M. Leroy entra sur ces entrefaites.

Instantanément, Mlle Amélie sembla prendre une grande détermination. De son air le plus digne et d'un mouvement tragique, montrant la pauvre Simone :

« Monsieur, dit-elle d'un ton sec, mademoiselle votre cousine vient de me répondre d'une façon très impertinente, et je suis fâchée d'avoir à vous prévenir que je ne le supporterai pas une seconde fois. »

M. Leroy fronça le sourcil et jeta un regard mécontent à Simone.

« Mon cousin !... » balbutia celle-ci.

Allait-elle se justifier? Mlle Amélie se sentit tout à coup assez mal à l'aise; mais, à sa grande satisfaction, le cousin arrêta Simone à ce premier mot.

« Taisez-vous ! dit-il (et jamais il ne lui avait parlé si brusquement). Je n'ai pas besoin de vos explications. Faites des excuses à mademoiselle, devant moi. »

Simone devint très rouge, baissa la tête et ne dit pas un mot.

« M'avez-vous entendu?

— Mais... je vous assure, mon cousin... »

C'était la première fois qu'elle lui résistait; il s'emporta, et lui prenant rudement le poignet :

« Vous ferez des excuses, répéta-t-il en appuyant sur chaque mot, ou vous vous en repentirez. Croyez-vous que je vous ai prise chez moi pour avoir sans cesse des ennuis?... On a bien raison de dire qu'on n'oblige jamais que des ingrats ! Une petite malheureuse que j'ai tirée de la misère et qui veut faire la loi ici! C'est trop fort! Mais vous ferez bien de m'obéir si vous ne voulez pas retourner d'où vous venez, vous et votre grand'mère. »

Il se tut. Et qu'avait-il de plus à dire à la pauvre petite?

Immobile devant lui, Simone semblait pétrifiée; elle n'essayait même pas de dégager son poignet, qu'il serrait à lui faire du mal.

Oh! si elle était seule! si sa grand'mère ne dépendait pas d'elle en ce moment!

« Demandez pardon à mademoiselle immédiatement, répéta le cousin; et il la poussa devant celle-ci.

— Pardon, Mademoiselle! » murmura Simone.

Mais elle tremblait si fort, qu'elle se laissa tomber sur une chaise.

« Je regrette que les choses soient allées si loin, Monsieur, dit alors Mlle Amélie de sa voix la plus mielleuse; mais vraiment cette jeunesse ne doute de rien; votre cousine voulait essayer ses talents sur un des plus beaux manteaux qu'on m'ait commandés. J'ai dû faire preuve d'autorité et le lui refuser. C'est à croire qu'elle se juge capable de me remplacer, reprit-elle en jetant un regard de côté sur sa victime.

— Elle n'en prend pas le chemin, grommela le cousin en haussant les épaules.

— Et puis vos clientes me feraient peut-être l'honneur de me regretter, » ajouta-t-elle en souriant avec une charmante modestie.

Elle se faisait habilement valoir, mais c'était inutile; le marchand savait d'avance qu'il aurait bien de la peine, en effet, à la remplacer. La dame des confections lui rendait de trop grands services pour qu'il risquât de se brouiller avec elle à propos de cette sotte petite fille, qui n'était bonne à rien, et sur laquelle il n'entendait jamais que des plaintes.

« Ceci ne se renouvellera jamais, dit-il vivement, c'est moi qui vous en réponds. Et j'espère que vous ne pensez pas sérieusement à nous quitter ; vous savez bien que la maison ne peut se passer de vous. »

Mlle Amélie daigna le remercier de cette aimable parole et reprit toute sa bonne humeur.

Elle triomphait.

La pauvre Simone n'avait pas bougé. Voilà donc le résultat de ce grand effort qu'elle avait voulu tenter.

Elle ne pleurait pas cependant.

Je supporterai tout, se répétait-elle ; mon Dieu, je ne dirai rien, à cause de grand'mère.

Le petit commis, qui passait là par hasard, s'arrêta (par hasard aussi, sans doute) pour écouter ce qui se disait. Ensuite il courut au comptoir de la lingerie et raconta toute la scène.

Pendant ce récit émouvant, Mlle Zoé agitait sa tête de haut en bas avec plus d'énergie que jamais.

« Elle y arrive ! Je vous le prédis depuis longtemps, elle y arrive.

— Il y a une personne ici que je plains, s'écria tout à coup le petit commis, c'est la cousine.

— Pauvre enfant ! » dit la confidente.

Simone sortait alors du salon; elle l'appela :

« Voulez-vous m'aider à arranger ces cols? » demanda-t-elle, plus gracieusement qu'elle ne lui parlait d'ordinaire.

Et comme Simone, agréablement surprise, s'empressait d'obéir :

« Eh bien! s'écria Mlle Zoé avec le sourire de circonstance, votre *future cousine* est-elle contente? »

Simone ouvrit deux yeux si étonnés, que Mlle Zoé éclata de rire.

« Vous ne voyez pas bien clair, reprit-elle, si vous ne voyez pas ce qui se passe ici. »

Simone tombait des nues... Mais bientôt elle comprit, et Mlle Zoé l'aida, du reste, à comprendre.

« Si elle ne vous aime pas, dit-elle, c'est que vous êtes venue au travers de ses projets; elle espérait être bientôt la maîtresse de la maison, et si cela ne dépendait que d'elle, vous seriez partie depuis longtemps, vous... et votre grand'mère, qui lui nuit encore plus que vous. Et, croyez-moi, elle arrivera à ses fins, répéta Mlle Zoé de son air le plus prophétique; elle est fine comme une mouche, et elle sait bien que votre cousin tient à la garder dans son magasin, car elle est adroite comme une fée aussi, et ces dames ne voient que par ses yeux.

— Alors... vous croyez?... balbutia Simone stupéfaite.

— Je crois qu'un de ces jours votre cousin pensera n'avoir rien de mieux à faire que d'attacher pour toujours Mlle Amélie à la maison, et...

— Et, quand elle sera Mme Leroy, dit le petit commis, qui trouvait à propos de placer son opinion, on fera bien de marcher droit ici, vous aussi bien que les autres.

— Et votre grand'mère mieux que les autres, reprit Mlle Zoé.

— Si elle y reste...

— Si elle y reste, en effet. »

Et Simone les vit échanger un coup d'œil significatif.

Tels furent les encouragements et les consolations que trouva la pauvre petite, au sortir de la pénible scène qu'elle venait de supporter.

XII

Le magasin était hermétiquement fermé, et les passants curieux pouvaient lire sur le grand contrevent du milieu :

Fermé pour cause de mariage.

Mlle Amélie était donc arrivée à ses fins.

Elle devenait Mme Leroy, et le petit commis, oubliant ses rancunes du passé et ses craintes pour l'avenir, buvait du champagne à la santé de celle qui hier encore le traitait « comme un nègre », et qui demain le « ferait marcher droit ».

La mariée s'était montrée gracieuse pour tous d'ailleurs; elle avait prié « sa petite cousine » d'être sa demoiselle d'honneur (en attendant la reprise des hostilités) et avait comblé la mère Chéreau de tant de prévenances et de bonnes paroles, que celle-ci, tout étourdie encore par ce coup imprévu, ne savait pas si elle devait s'en réjouir ou s'en désoler.

Simone avait annoncé cette grande nouvelle à la Pilaudière; elle y avait été tristement accueillie.

« Cela marchera mal, dit la fermière; la belle dame et la mère Chéreau ne s'entendront pas longtemps.

— Et Simone sera plus malheureuse que jamais avec cette grimacière, » s'écria le parrain consterné.

Le fermier n'avait pas encore parlé.

« Mauvaise affaire!... » dit-il enfin.

Et, secouant la tête :

« Il ne faut compter sur rien dans ce monde, reprit-il tristement. Enfin ce cousin ne lui devait rien; il a bien le droit de se remarier, mais c'est malheureux pour l'enfant.

— A la volonté de Dieu! dit la fermière; si la petite est malheureuse, nous la reprendrons ici, et ce sera tout comme autrefois.

— Oui, s'écria Simon, consolé par cette parole, à défaut de l'oncle d'Amérique, elle retrouvera son parrain!... »

Deux mois s'écoulèrent, les lettres de Simone devenaient plus rares.

« C'est mauvais signe, disait Simon, je la connais bien; elle ne veut pas se plaindre, c'est pour cela qu'elle n'écrit pas. »

Un jour pourtant, comme il sortait de la Pilaudière, le facteur l'appela :

« Une lettre pressée, cria-t-il ; il était temps que j'arrive, j'allais vous manquer.

— C'est de Simone, s'écria le parrain, il y a quelque chose. »

Et il déchira vivement l'enveloppe.

« Cher parrain, disait Simone, grand'mère « est très malade ; je suis si malheureuse ! Je « t'en prie, viens vite. »

C'était griffonné à la hâte ; elle n'avait même pas signé.

Simon revint sur ses pas, et, rencontrant sa mère, lui passa la lettre.

« Je vais partir pour Villeneuve, » dit-il.

La fermière réfléchit un instant :

« Seul, tu ne peux lui être bien utile, » dit-elle.

Elle eut une seconde d'hésitation, puis se décidant tout à coup :

« Je pars avec toi, reprit-elle, ce sera beaucoup mieux. »

La fermière ne perdait jamais son temps en paroles inutiles ; elle n'en dit pas davantage, et fit activement ses préparatifs de voyage.

En une heure tout fut réglé ; elle donna ses ordres, expliqua à chacun la besogne à faire pendant le temps de son absence, rangea tout autour d'elle, et, quand le fermier rentra, ne sachant rien encore de ce qui se passait, elle était prête à partir.

En quelques mots elle le mit au courant de tout; il approuva ses dispositions, lui promit que tout irait bien, et, comme le temps pressait, il attela lui-même la carriole et les conduisit à Larcy.

Le premier soin de Simon en arrivant à Villeneuve fut de retenir deux chambres à l'auberge; il se souciait peu, et sa mère encore moins que lui, d'aller demander l'hospitalité à la belle dame.

« Va d'abord aux nouvelles, lui dit la fermière, et préviens-les que je suis là; je ne veux pas m'imposer de force chez eux. Tu reviendras me chercher après. »

Simon partit donc et se présenta seul, comme d'habitude, au magasin.

Cette fois Simone ne s'élança pas au-devant de lui quand il demanda Mlle Chéreau.

Ce fut le petit commis qui s'avança, d'un air grave, et parlant à voix basse, malgré lui.

« Elle n'est pas là, murmura-t-il, sa grand'-mère est morte.

— Morte! » s'écria Simon bouleversé.

La lettre de Simone aurait dû le préparer à cette nouvelle, pourtant il n'y pouvait croire.

« Morte! répétait-il, baissant aussi la voix, depuis quand?

— Il y a quelques heures seulement.

— Mais qu'a-t-elle eu?

— Une fluxion de poitrine; le médecin a dit tout de suite qu'elle était perdue.

— Je voudrais voir Simone, reprit le parrain; voulez-vous me conduire? »

Le petit commis le précéda dans l'arrière-boutique; puis, au bout d'un long corridor, il lui montra une porte.

« C'est là, » murmura-t-il.

Simon le remercia d'un signe et frappa doucement.

Personne ne répondit.

Il entr'ouvrit la porte; la pièce étant vide, il entra et resta un moment immobile.

Au fond, dans une seconde chambre, il avait aperçu Simone pleurant, à genoux, près d'un lit.

Une sœur de Charité, qui veillait la morte avec elle, interrompait ses prières pour essayer doucement de la consoler.

Enfin Simon fit quelques pas, et sans une parole, craignant de les troubler, il vint s'agenouiller aussi près de Simone.

Il attendit un moment; elle ne le voyait pas.

Alors il lui posa la main sur l'épaule.

« Je suis là, Simone, » murmura-t-il.

Elle releva brusquement la tête et le regarda sans parler; puis, laissant retomber sa tête dans ses mains, elle éclata en sanglots.

« Êtes-vous son parrain? demanda la reli-
gieuse à demi-voix.

— Oui, ma sœur.

— Elle vous attendait; emmenez-la à côté,
parlez-lui. Pauvre petite, elle est bien déso-
lée! »

Il obligea Simone à se relever et à le suivre
dans l'autre chambre

« Oh! parrain, ma pauvre grand'mère! »
crnit-elle à travers ses sanglots.

Il la laissa pleurer; puis, quand elle fut un
peu plus calme, il la força à s'asseoir près
de lui.

« Parle-moi, dit-il; pourquoi nous as-tu écrit
si tard?

— Je ne savais pas,... répondit-elle d'une voix
entrecoupée; le docteur ne m'avait pas prévenue.
C'est elle qui me l'a dit... en demandant M. le
curé... Alors je t'ai écrit; j'avais peur,... j'étais
si seule!

— Ma pauvre Simone!... Mais tu n'es plus
seule, ma mère est venue avec moi.

— Oh! qu'elle est bonne! Je voudrais tant
la voir!

— J'irai la chercher tout à l'heure; mais
d'abord je veux parler à ton cousin.

— Il est absent, dit Simone tout bas; il ne
sait pas que... »

Elle s'interrompit et n'acheva pas sa phrase.

« Ma cousine est là, » reprit-elle au bout d'un instant; et, séchant ses larmes :

« Elle est venue ce matin, dit-elle avec agitation; mais j'aime mieux qu'elle ne vienne plus, elle a rendu grand'mère trop malheureuse. »

Et Simone, suffoquée par les larmes, ne put continuer.

« Il fallait nous écrire, répéta le parrain.

— Grand'mère ne me l'a pas permis, disant toujours que les choses s'arrangeraient; mais elle ne voulait pas nous garder chez elle, je le voyais bien. Elle attendait le retour de son mari pour nous renvoyer. »

Simon fit un mouvement.

« Nous allions partir, reprit vivement Simone, devinant sa pensée, quand ma pauvre grand'-mère est tombée malade. »

Il y eut un silence; puis tout à coup, avec désespoir :

« Oh! parrain, s'écria Simone, ne me laisse pas, même pour un jour, seule avec elle !

— Te laisser !... non, certes, dit-il avec force; nous t'emmènerons demain, je te le promets. »

M. Leroy, qu'on avait prévenu, hâta son retour pour rendre les derniers devoirs à sa cousine, et le lendemain la grand'mère reposait au milieu des siens.

Le jour même, Simone devait partir avec ses amis; ils restèrent les derniers près de la tombe fermée, et Simone, qui pleurait dans les bras de la fermière, entendit son parrain murmurer à demi-voix :

« Pauvre grand'mère ! je reprends ma filleule, et Dieu sait que je ne l'abandonnerai plus jamais à d'autres que nous. »

XIII

« Ah ! la bonne petite fermière ! regarde-la au milieu de sa basse-cour. »

Et maître Jaquin montrait du doigt à sa femme Simone, assise à terre, entourée de poussins qui grimpaient jusque sur ses épaules, pendant que la mère gloussait d'un air jaloux.

« Pas une couvée n'a manqué, dit à son tour la fermière avec admiration ; et comme elle soigne ces petites bêtes ! Ils la connaissent mieux que moi.

— Voyez, cria Simone joyeusement, en voilà un sur mon bonnet ; hier il ne pouvait pas y arriver. »

Un autre descendait en même temps au fond de la grande poche de son tablier, à la recherche d'un morceau de mie de pain qu'il savait bien y trouver.

Il n'y avait plus de volant à la robe de Simone, et, depuis que son deuil était fini, on ne lui voyait pas autre chose que des jupes de coton bleu foncé, toujours propres et fraîches, mais jamais élégantes.

Sa gaieté d'autrefois lui était revenue, en même temps que les couleurs sur ses joues.

Ah! si la belle dame du magasin la voyait, c'est maintenant qu'elle pourrait l'appeler vraiment « une petite paysanne »!

Avec quelle joie elle remplissait ses devoirs! quel zèle, quelle application elle apportait à tout ce qu'elle faisait!

Ne devait-elle pas essayer de se rendre utile à ceux qui l'avaient recueillie, et qui la traitaient comme l'enfant de la maison?

N'était-ce pas de cette façon seulement qu'elle pouvait leur montrer sa reconnaissance?

Cette pensée lui avait donné un si grand courage, elle s'était mise à l'œuvre avec tant de bonne volonté, qu'au bout de quelques mois la fermière, toute surprise, découvrait en elle de vrais talents.

Quatre ans s'étaient écoulés depuis son retour à la Pilaudière, et Simone était devenue, au dire de sa protectrice, qui s'y entendait et avait le droit d'être difficile, le modèle des petites fermières.

Aujourd'hui Simone est dans la joie; les pou-

lets viennent bien, et c'est la dernière couvée ;
la voilà hors d'inquiétude et triomphante au
milieu de ses nouveaux élèves.

La fermière la regardait de loin avec complai-
sance.

« C'est mon bras droit, reprit-elle au bout d'un
instant ; elle s'y entendra mieux que moi bientôt,
à force de questionner et d'apprendre. Sans
compter qu'elle cherche dans les livres toutes
les inventions du monde, depuis que Simon lui
a mis dans la tête d'exposer des volailles au prochain comice. »

Le fermier se mit à rire.

« Ils en ont la tête tournée de leur comice,
dit-il ; Simon veut un prix, et la petite aussi.

— Ce ne serait que juste, après tout : ils se
donnent assez de mal pour y arriver, dit la fermière vivement.

— Certes oui, s'écria maître Jaquin ; et pourquoi pas ? La Pilaudière n'est pas en retard sur
les autres fermes, je pense. Simon a raison d'essayer, et ce n'est pas moi qui l'en empêcherai,
il s'y connaît. »

A ce moment une voix jeune et forte cria près
d'eux :

« Simone !

— Voilà le parrain, dit en souriant la fermière ;
ils ont encore quelque chose à comploter. »

En effet, Simon tenait à la main un livre qu'il

montra à Simone. Elle poussa un cri de joie et s'empara du volume; puis ils le feuilletèrent ensemble et parurent s'engager dans une discussion très vive et des plus sérieuses.

« Encore un livre sur la basse-cour! s'écria gaiement maître Jaquin; le progrès ne chôme pas à la Pilaudière.

— Dieu bénisse nos enfants! dit la fermière à demi-voix, ils ne demandent qu'à bien faire.

— Cette petite Simone est comme un printemps dans la maison; j'espère que nous la garderons longtemps.

— J'espère que nous la garderons toujours, dit tout à coup la voix de Simon; pourquoi nous quitterait-elle? »

Ils s'étaient rapprochés tous deux; Simone écoutait.

« Voulez-vous donc me renvoyer? » s'écriat-elle, moitié vexée, moitié émue.

Le fermier secoua la tête.

« Les parents ne renvoient pas leurs enfants, dit-il, et pourtant leurs enfants les quittent. Un jour tu demanderas toi-même à t'en aller, pour t'établir chez toi.

— Jamais! cria Simone, toute tremblante à cette seule pensée; ne parlez pas de cela; gardez-moi ici pour vous aider, pour vous soigner; je ne veux pas autre chose.

— Jusqu'à ce que tu changes d'avis, dit le fermier, voulant la taquiner.

— Jamais! répéta Simone; je ne suis heureuse qu'à la Pilaudière; c'est comme cela

Simone était devenue le modèle
des petites fermières.

depuis ma naissance,... et ce sera comme cela jusqu'à la fin de ma vie, ajouta-t-elle avec un sourire.

— Amen! » dit le fermier, riant aussi.

Le soir même, Simon eut une longue conversation avec son père et sa mère; il avait trouvé

le meilleur, le seul moyen, selon lui, de garder
pour toujours Simone à la Pilaudière. Si le fermier l'approuvait, si sa mère pensait comme lui,
les choses s'arrangeraient le mieux du monde, et
tous, avec Simone, « seraient heureux comme
cela jusqu'à la fin de leur vie. »

Maître Jaquin et sa femme demandèrent à
réfléchir.

Simone était pauvre, et leur fils serait à
la tête d'une des fermes les plus importantes
du pays. Mais où trouverait-il une ménagère
plus active, plus intelligente, une fermière plus
entendue, une femme plus dévouée?

Eux-mêmes ils aimaient cette petite comme
leur propre enfant; ils n'en auraient jamais une
meilleure, plus respectueuse, plus attentive.

Ce serait doux, plus tard, dans les vieux jours,
de compter sur la tendresse et les soins d'une
véritable fille.

Cette nuit-là, ils dormirent peu et causèrent
longtemps. Et le lendemain, rien qu'à la façon
dont ils embrassèrent tous deux Simone lorsqu'elle vint à eux, Simon devina que son père
l'approuvait, que sa mère pensait comme lui.

« Il ne nous manque plus que le consentement
de Simone, dit la fermière à la fin d'une longue
et dernière conversation dans le bureau; je me
charge de le demander... et même de l'obtenir, »
reprit-elle en souriant.

Ce jour-là était un jeudi, et M. Barbot, le maître d'école, ayant quelques heures de liberté, les mit à profit pour venir, en se promenant, jusqu'à la Pilaudière.

Son ancien élève ne l'avait jamais négligé, dans ces dernières années, et, sûr d'être toujours le bienvenu à la ferme, il y faisait de temps en temps une visite.

On le reçut dans le bureau, et, contre l'habitude, il trouva la fermière inactive, entre son mari et son fils.

A la question ordinaire du maître d'école : « Qu'avez-vous de neuf à m'apprendre? » tous trois se regardèrent; puis Simon, d'une voix joyeuse, s'écria :

« Une grande nouvelle, monsieur Barbot, et vous êtes le premier à qui je veux l'annoncer. »

Le maître d'école releva les yeux par-dessus ses lunettes, et, regardant tour à tour maître Jaquin et sa femme :

« Une nouvelle!... En effet, vous êtes tout changés aujourd'hui. »

Puis vivement :

« Je devine, s'écria-t-il; Simon s'établit.

— Justement.

— Je te fais d'avance mon compliment; et tu épouses...?

— Simone Chéreau, ma filleule.

— Ta filleule! »

Le maître d'école baissa la tête, son front se plissa.

« Ta filleule ! répéta-t-il ; mais c'est impossible, mes amis !

— Comment ! impossible ?

— Cela ne se peut pas ; un parrain n'a pas le droit d'épouser sa filleule. »

Simon se leva brusquement.

« Pas le droit !... balbutia la fermière consternée ; en êtes-vous sûr ?

— Malheureusement oui, je suis presque sûr de ce que je vous dis ; cependant informez-vous, prenez des renseignements ; notre curé vous expliquera cela mieux que moi. »

Personne ne répondit d'abord à cette proposition ; il y eut un instant de silence.

« Je suis désolé, reprit le maître d'école, de venir, comme un oiseau de mauvais augure, au travers d'un projet auquel vous tenez sans doute ; mais je crains d'avoir trop raison. »

Le fermier fut le premier à se remettre du choc.

« M. Barbot t'a donné un bon conseil, dit-il à son fils ; cours à Larcy et parle à M. le curé.

— J'irai avec toi si tu veux, dit le maître d'école, se levant avec empressement.

— Allons, » répondit le parrain.

Ils se mirent en route aussitôt.

Simon marchait tristement la tête basse; il n'était pas en humeur de causer, et M. Barbot, respectant son silence, le laissa à ses réflexions.

Était-ce possible qu'un si beau projet fût ainsi renversé au moment où tout s'arrangeait si bien pour qu'ils fussent heureux tous ensemble, au moment où Simone allait prendre en réalité dans sa famille la place qu'elle y tenait par adoption depuis si longtemps? Fallait-il donc renoncer déjà à cette idée, à ce moyen de mettre désormais à l'abri de tout souci, de tout besoin, la petite abandonnée qui n'avait au monde d'autre protection que celle de son parrain?

Et Simon tremblait lorsqu'il entra au presbytère; le sort de sa filleule allait se décider. Quelle réponse rapporterait-il à la Pilaudière?

C'était le même curé qui avait baptisé Simone; il n'ignorait pas comment le parrrain tenait l'engagement qu'il avait pris ce jour-là devant lui. Il savait l'histoire de Simone, et, dès les premiers mots que prononça le maître d'école, il sourit doucement et tendit sa main au jeune homme.

« Pourquoi veux-tu l'épouser? lui demanda-t-il.

— Monsieur le curé, répondit Simon, vous savez que j'ai à peine quitté Simone depuis sa naissance; nous la connaissons bien, mes parents l'aiment beaucoup; je suis certain qu'elle sera pour eux une bonne fille, et puis... (il hésita un instant), et puis elle est seule au monde, elle ne peut compter que sur moi; en l'épousant, j'assurerais son avenir, elle est pauvre. »

Le curé lui serra la main.

« Bien! » murmura-t-il.

Et se tournant vers le maître d'école :

« Vous avez raison, monsieur Barbot, dit-il, c'est la règle : un parrain n'épouse pas sa filleule. » Et il regarda malicieusement Simon. « Mais, vous le savez mieux que personne, toute règle a des exceptions; celle-ci a les siennes comme une autre. L'Église ne veut pas le malheur des gens, au contraire. »

Il posa sa main sur le bras de Simon :

« Elle est pauvre, dis-tu; eh bien! mon enfant, épouse-la, et que Dieu vous protège comme vous le méritez, car tu as rempli ton devoir et au delà. Tes parents aussi méritent une récompense; ils ont été bons et charitables en prenant pour toi cette responsabilité; Dieu leur accorde dès aujourd'hui cette récompense en leur donnant une fille aimante et dévouée. Soyez heureux... »

Et, comme le maître d'école semblait étonné de ce dénouement, auquel il ne s'attendait pas :

« Ne soyez pas si surpris, monsieur Barbot, reprit le bon curé; je vous l'ai dit, nous ne voulons pas le malheur des gens. Dans un grand nombre de cas, le mariage entre le parrain et sa filleule est autorisé.

« Cette petite devra le bonheur à sa pauvreté ; c'est un des cas prévus qui font exception à la règle. »

Simon s'était levé :

« Il y a sans doute des démarches à faire, monsieur le curé?

— Oui, mon enfant, mais je m'en chargerai, si tu le veux ; je demanderai pour toi la dispense nécessaire, et alors, quand tu voudras, je serai prêt à vous bénir de tout mon cœur. »

Un mois plus tard, les cloches qui avaient sonné pour le baptême de Simone carillonnaient gaiement quand elle entra dans l'église; mais cette fois Simone ne pleurait pas, comme le bébé avait pleuré ce jour-là. Et, s'il y eut une larme dans ses yeux baissés, ce fut une larme de joie et de reconnaissance aussi, lorsqu'elle demanda à genoux la grâce de remplir toujours ses devoirs et de rendre à ceux qui l'avaient tant aimée et protégée le bonheur qu'ils lui donnaient.

FIN

24245. — Tours, impr. Mame.

Original en couleur

NF Z 43-120-8